JN037075

その扉をたたく音

瀬尾まいこ

集英社文庫

その扉をたたく音

1

いた、天才が。いや、ここまできたらもはや神だ。どうしてこれほどの能力のあるやつが、こんなところにいるのだろう。真の神は思いもかけない場所にこそ、現れるものなのだろうか。

目の前の男がサックスで奏でる音楽。最初の音を聴いただけで、俺は体中が反応するのを感じた。そして、演奏が進むと、胸の奥のそのまた奥。自分でも触れたことのない場所に、音が浸透していく。

俺だけではない。目の前に座る、じいさんやばあさんも涙ぐんでいる。当然だ。この本物の音を聴けば、自然に心は揺らされ涙はあふれる。一切の混じりけのない正真正銘の音楽。もっと耳に刻み込もうと俺は目を閉じた。そのとたんだ。サックスだけでなく、今にも倒れそうなしわがれた声が耳に届き始めた。いったいなんだと目を開けると、目の前ではじいさんやばあさんが、音程もテンポも無視し思い思いに、

「故郷《ふるさと》」を口ずさんでいる。おいおい、お前ら感動してたんじゃないのか。黙って聴きほれていればいいものを。俺がサックスの音だけに耳を澄まそうとするのをよそに、じいさんたちの歌はどんどん盛り上がっていく。

山は青き故郷
水は清き故郷

全集中力をもってしても、じいさんたちの声は耳から追い出せず、年寄りのかすれた声を聴いているうちに演奏は終わってしまった。

「宮路《みやじ》さん、今日はありがとうございました」

演奏を終えた神様は、サックスをテーブルの上に載せると、俺の前に来て深々と頭を下げた。

「いや、まあ」

「宮路さんのギターと歌を聴いて、利用者さんもみんな喜ばれてました」

「ああ、それならよかった」

嘘《うそ》だ。神様がサックスを吹き始めるまで、じいさんもばあさんもしかめっ面をしているか、居眠りをしているかだった。

ギターの弾き語りをするよう、俺に与えられた時間は、四十分。演歌や唱歌。年寄りの知っている曲を歌ってやろうかとも思ったけど、音楽って迎合するものじゃない。俺の奏でたい曲に誰かが乗ってくる。それが音楽だ。だから、あえて好きな曲を歌った。ミスチルにバンプ・オブ・チキンにグリーン・デイにオアシス。ついでに俺のオリジナルソング。

ミスチルを歌っている時はパラパラ拍手も聞こえた。それが、洋楽になると半数が眠り始め、俺のオリジナル曲を披露するころには、手拍子は一切聞こえなくなった。今を生きる魂の叫びを歌った渾身《こんしん》の歌なのにだ。まあしかたがない。年寄りには洋楽もロックもポップスもわからないのだから。

俺が静けさの中、前に立つのにいたたまれなくなったころ、神様がやってきた。

「まだ時間はありますが、どうしましょう？　切り上げましょうか？」

そのとたん、眠っているか途方に暮れていたじいさんやばあさんが「コウちゃん、吹いてちょうだいな」「わけわからん曲聴かされて耳おかしくなったわ。ええ歌聴かせて」と口々に言いだした。そして、奏でられたのが、あの「故郷」だ。

「また機会があればぜひいらしてください。ありがとうございました」

サックスの腕前もすごければ、社交辞令も完璧だ。神様はにこやかな笑顔で俺にそう言うと、会場を片づけ始めた。

「いやいやいや、君。君、すごいだろう？」

「えっと、何がでしょう？」

胸元には渡部《わたべ》と名札がついている。俺と同じくらいか少し年下だろうか。背はすらりと高く、サックスを吹いていた時は力強く見えた体も目の前にすると意外に華奢《きゃしゃ》だ。

「サックスだよ。すごいうまいじゃん」

「ありがとうございます」

「プロ級だろ？　いや、神だ神」

「気に入っていただけてよかったです」

言われ慣れているのだろうか。神様はさらりと流すと、「デイのバスがもうすぐ来るから一階フロアに移動お願い」と他のスタッフに指示を出した。

「聴いてたじいさんやばあさん、泣いてたぞ」

「利用者さんはすぐに泣かれる方が多いんですよね。この前、腹芸を見せに来てくれた大学生たちがいたんですけど、彼らが帰る時にも涙を流されてました」

なんだよ。腹芸でも感動するくせに、俺の歌には無関心とは、じいさんたちってどれだけセンスがないんだ。

「っていうか、君のサックスさ……」

「あ、すみません。いろいろお話ししたいんですけど、今から利用者さんの送りがありまして」

「ああ。そっか。そうだな」

渡部君は軽やかな笑顔を見せたまま、手も足もてきぱき動かしている。威圧感はないけど、邪魔をしちゃいけないという空気がそこにはある。

「それじゃあ」

「本当にありがとうございました」

「ああ」

渡部君に一礼し、歩き始めた俺は振り返った。

あの音を、あの音楽を、もう一度聴きたい。どうしたって、それをあきらめるわけにはいかなかった。

「いや、ちょっと待って。君、その渡部君、また吹くのか？」

「ええ。今日は湿気が多くて床も滑りそうなので。雨が続くと、困りますね」

さっきパイプ椅子を片づけていた手は、もうモップを握っている。こいつ、動きも神業《かみわざ》だな。

「いや、床じゃなくて、サックス」

「サックス？」

「また今日みたいに吹くのかなって」

「どうでしょう。金曜はレクリエーションがあるので、ボランティアで来てくれる人が見つからなかったり、今日の宮路さんみたいに時間がもたなかったりした場合は吹くこともあります」

金曜日。誰も芸を披露する人間が来なかったら、またあのサックスを聴く機会がある。それがわかれば十分だ。

「わかった」

俺はそううなずくと、老人ホーム「そよかぜ荘」を後にした。

2

そよかぜ荘から帰った俺は、お礼にともらった封筒を開けてみた。中にはじいさんやばあさんが作ったという、押し花のしおりが入っている。

「こういうの、本当いらないんだけどな」

本は読まないから、しおりの使い道がない。かといって、手作りのものは捨てるに捨てられない。手に取ることはないとわかっているのに、とりあえず引き出しに突っ込んでおく。

時々、今日みたいに老人ホームや病院にギターの弾き語りに行くことがある。けれど、俺は音楽を仕事にしているわけではない。残念ながら、演奏することでお金が発生したことは一度もなかった。

ミュージシャンになろうとしているのか、自分でもわからない。いつしか自分の目指すところも夢もぼんやりしてしまっている。今、俺は二十九歳。夢はミュージシャンだなんて、人前では言えなくなったし、もはや自分でも何になりたいのか不明だ。

ギターを始めたのは高校一年生。俺を含め四人の仲間とバンドを作った。ただ集まって演奏する。それだけのことが、楽しかった。毎日のように俺の家に集まっては練習して、文化祭で披露した時は胸が震えたっけ。それが、高校卒業時にメンバーは三人になって、大学を卒業する時には俺だけになった。

「まさか、仕事にするつもりだったの？」

就職活動をしない俺に、他のメンバーは驚いていた。音楽性の違い、いや、そもそもの根本的な違いで解散し、俺は一人でギターをかき鳴らした。

歌もギターもずば抜けてうまいわけではない。それでも、テレビやラジオで流れてくる音楽に、これぐらいなら俺でもできると思うこともある。

音楽で食べていく。そこまでの思い切りや、突き動かされるような情熱もない。そのくせ、どうしても音楽と自分を切り離すことができなかった。タイミングや運がめぐってきて、音楽に携わるような仕事ができれば。そんな甘いことを考えながら、時間ばかりが過ぎていって、大学を卒業して無職のまま七年が過ぎていた。

一緒にバンドを組んでいたやつらとたまに飲みに行っては、自分との違いを見せつけられる。仕事の不条理さに家庭を持つことのたいへんさ。出てくるのは苦労話ばかりなのに、聞けば聞くほど、自分が置いてきぼりになっていることに気づく。「宮路は自由でいいよな」とうらやましそうに言われながら、一人かけ離れた場所にいる自分にぞっとする。

土日や夜は遊び相手を探すことができても、平日や昼間に付き合ってくれる友達はそうそういない。だから、普段は作曲やギターの練習のために家にこもっている。ただの遊びじゃないということを示したいだけのために、披露する場所を探しては、ギターを鳴らしている。それが俺の毎日だった。

今年の十一月二十七日で三十歳になる。

いつまでも、今のような暮らしは続けていられない。それだけはわかっていた。

渡部。あいつは、どうして老人ホームで働いているのだろう。彼のサックスの音は、俺が演奏する音とはまるで違った。生そのもののみずみずしい響き。俺を今いる場所から引っ張り出してくれるような音。

もう一度、どうしたってあのサックスが聴きたかった。

3

「えっと、どなたかのご面会ですか？」

六月第三週金曜日の二時半前。はりきってそよかぜ荘に足を踏み入れると、受付で止められた。そういえば、先週は名前や住所を書いて入館証をもらってから入ったんだっけ。最近、どこへ行ってもセキュリティが厳しい。

「いや、えっと」

適当な名前をでっちあげて身内だと申し出ようかと思ったけれど、ここは老人ホームの中でも小規模でお年寄りの人数は少なかった。うまく名前が当てはまる確率は低い。

「その、先週演奏した宮路なんですけど。また今度やらせていただこうかと思って、あの、今日はもう一度会場の雰囲気とか見ておきたいなと」

俺は殊勝なことを言ってみせた。

「まあそうですか。またお願いできるなんて、ありがたいです」

と受付のおばさんはにこやかな顔を向けてくれた。きっと、この人は先週の俺の演奏を聴いていないのだろう。じいさんたちのしらけた雰囲気を知っていたら、また俺が来ることをありがたくなんて思えるわけがない。

俺は無事に手に入れた入館証を首から下げ、それをかざして開いたエレベーターに乗りこんだ。お年寄りの施設なのに、ずいぶんとハイテクだ。二階のコミュニティフロアに足早に向かうと、もうじいさんやばあさんたちは移動し始めていた。演奏がよく見えるところがいいと、俺は何食わぬ顔でさっさと一番前の席に陣取った。

辺りを見回すと、俺以外よぼよぼの年寄りで、面会に来た家族もいるようだけど、そういう人たちは控えめに後ろに座っているか、そっと寄り添っている。コンサートでもあるまいし、前列中央の席に意気揚々と座っているのは俺だけだ。いいんだ。そんなこと恥ずかしくもない。

　この一週間。ただただ待ち遠しかった。体が水を欲するくらいの勢いで、あの音を聴きたかった。サックスの響きに、心を揺らしたい。ずっと今日までそう思ってきた。それがついに聴けるのだ。

「今日の演奏って、サックスですか？」

　俺の隣にじいさんを座らせた、スタッフに聞いた。

「いえ、手品ですけど」

「手品？　誰の？」

「利用者さんの」

　スタッフはそう言うと、「もうすぐ始まりますので」と俺に一礼して、向こうのほうへ行ってしまった。

　ちょっと待て。やっとあのサックスが聴けると思ってやってきたら、手品？　しかもど素人の？

　俺が困惑している間に、前には色画用紙で作った蝶《ちょう》ネクタイをぶら下げたじいさんが出てきて、

「今からハトをここに出して見せますね」

と挨拶も自己紹介もなく、突然話し始めた。

洋服の袖が異様に膨らんでいるけど、まさかあの中にハトが入っているわけないよなと思っていたら、予感は的中で、じいさんは「よっこいしょ」と袖をたぐりよせながらハトのぬいぐるみを出してきた。どこが手品だ。ただ、隠していたぬいぐるみを出しただけで、何一つ不思議な現象は起きてやしない。

客席はあきれ顔で見ている人や何が起こっているのかわからずぼんやりしている人もいるけれど、「よ、せいさん。やるねー」などと歓声を上げる人もいる。

その後も、同じような手品が続いた。どれもタネはみえみえで、そのくせひたすら長い。それなのに、何人かのじいさんやばあさんらは手をたたいて喜んでいる。どうして、こんなクオリティの低い出し物に喜ぶことができるのに、俺のソウルフルな歌声が聴けないのだろう。年寄りの考えることはまるでわからない。

手品とは名ばかりの漫談を聞きながら俺は時計を見た。二時五十五分。レクリエーション終了まで十五分ある。最後の手品はもう終わりかけ。この調子で行けば時間が余る。

「最高、せいさん最高！　おお、終わりだな終わり。お疲れさまでした」

俺は最後にじいさんが帽子の中から花束を出すのに、盛大に手をたたいた。早く終わらせて、一曲でいいからサックスを聴きたい。でないと、ここに来た意味がない。

俺の考えを知らないじいさんは、

「あんがとう。お前さんは本当にええ子だな」

と舞台から手を合わせてくれた。

「今日はこれで終了ですね」

進行役のスタッフが言うと、「な、最後にコウちゃんの笛、聴かせてえな」

と、後ろのほうに座るばあさんが言った。

「おお、いいねえ。なんか歌いたくなってきたわ」

俺の隣に座るじいさんも言う。願ったりかなったりの流れだ。

「おお、そうだそうだ。それがいい」

俺もここぞとばかりに加勢した。

その声に俺の存在に気づいた斜め後ろのじいさんが、

「なんや、新しい入居者か」

と言ってきた。

「いや、違う」

俺が振り向いて首を横に振るのに、じいさんの隣のばあさんが、

「入居者じゃないなあ。あんた、元気そうだし、デイサービスで利用してるだけやな」

と言いだした。

「おいおい、俺は二十九歳だ」

俺がそう主張すると、

「へえ、えらく間の抜けた顔してるから、ぼけ老人だと思ったわ」

とじいさんが言って、みんなが一斉に笑った。

年寄りが優しくて人間ができているというのは間違いだ。年を取るとどんどんひねてわがままになっていく。うちのばあちゃんもそうだった。

俺が何か言い返してじいさんをぎゃふんと言わせてやろうと考えていると、スタッフに連れられ神様が前にやってきた。

「コウちゃん、待ってました」

「よ！　スター登場！」

俺をからかっていたことなど忘れて、じいさんやばあさんはもう手をたたいている。

本当に身勝手なやつらだ。

「ありがとうございます。じゃあ、何を吹きましょうか」

渡部君は穏やかな声でそう言うと、みんなのほうを見渡した。

「川の流れのように」「愛燦燦《あいさんさん》」「悲しい酒」

じいさんやばあさんらは、口々に曲名を挙げる。って、ちょっと、待て。全部美空ひばりじゃないか。俺が聴きたいのはもっと弾むような曲だ。前回は「故郷」だった。次はもう少し動きのある曲が聴きたい。

「雪國《ゆきぐに》」「みちのくひとり旅」みんなが次々と声を上げるのに、俺は負けじと叫んだ。

「ウェイク・ミー・アップ・ホウェン・セプテンバー・エンズ」。

俺の大好きなグリーン・デイの曲。曲の端々に強さが流れているのに、消えようもない寂しさを含んだ曲。いつどこで聴いても、俺の心を打つ。きっとサックスにも合うはずだ。

俺の声が届いたようで、神様はこちらを向いて微笑《ほほえ》むと、

「いい曲ですけど、でも知らない方が多いですよね」

と言った。

「そうだ。黙れ小僧」

さっきは同じ利用者だと仲間に入れたくせに、斜め後ろのじいさんが悪態をついた。

「ぼけ老人」に「小僧」って、俺をなんだと思ってるんだ。俺が言い返そうとするの

に、

「じゃあ、ビートルズはどうですか？」

と渡部君はみんなに聞いた。

ばあさんが「ああ、知ってる知ってる。レノンとポールのトリオだね」と言い、端のほうのじいさんも「アメリカさんの曲やな。たまにはいいか」と同意した。

ビートルズはイギリス人だし、四人組だ。だけど、演歌じゃない歌を聴けるのなら、それでよしかもしれない。

「それでは、ビートルズの『ヘイ・ジュード』にしましょう」

渡部君はそう言うと、静かにサックスに息を吹き込んだ。

彼の吹くサックスはどうしてこんなに柔らかいのだろう。その穏やかな響きにすぐに曲の中に連れ込まれてしまう。歌われているわけではないのに、「ヘイ、ジュード」とささやかれている気がする。そうだ、そうだよ。わかってる。きっとできるって。やらなくちゃって。俺の人生を動かせるのは俺自身だって知ってる。サックスの音色に歌詞が重なって、答えそうになる。ずっと探し求めていた音のようで、昔から体の奥に流れていたような音。

曲がクライマックスに差し掛かると、俺は自然と立ち上がっていた。あふれだす感情を座ったままでは抑えきれなくなり、「ナーナーナーナナナーナ」と勝手に唇は歌を紡いでいた。俺だって音楽をやっているのだ。表現したくなって当然だ。この思いを音に乗せるんだと、ひときわ声を大きく出した瞬間だ。「見えん！」と後ろの席のばあさんに杖《つえ》で殴られた。


「本当にすみません」

「いや、大丈夫。でも、最近の年寄りって凶暴だよな」

俺が言うのに、渡部君は否定も肯定もせず静かに笑った。

杖で殴られた俺は、耳の上に擦り傷と、たんこぶができた。痛みもなくたいしたことはなかったけど、渡部君は大慌てで俺を事務所に連れて行くと、保冷剤を押し当ててくれた。

医者でもない同年代の男に面と向かって手当てされるのは何だか照れる。

「いや、まあ、大丈夫なんだけどな。そう、ああ、えっと、俺も音楽やってるんだ」

俺は沈黙に耐えられず、話を切り出した。

「そうですね。先週、ギターの演奏していただきましたね」

「まあ、そう。あのさ、俺の、どう思った？」

「え？」

「いや、俺の演奏、どうだった？」

この怪我《けが》も気まずい空気も、実はチャンスだ。俺が神様と音楽について話せるようにと与えられた時間にちがいない。俺は勝手に都合のいい解釈をすると、聞いてみたかったことを口にした。それなのに、渡部君は「どうって……？」と困ったように首をかしげた。俺の音楽があまりにひどく、評価などできないということだろうか。

「率直な感想を聞きたいだけだから遠慮なく言ってくれよな」

「えっと……。ああ、すみません。よく覚えてなくて……」

渡部君はそう言って、小さく頭を下げた。

さて。覚えていないとはどういうことだろうか。記憶に残らない音楽だということだろうか。覚えるのに値しないような演奏だということだろうか。

俺がそう聞こうとすると、

「その、きっと素敵な演奏だったんでしょうけど、すみません。ぼく、音楽に疎いというか、興味がなくて……。そのせいで、覚えてないんですね」

と渡部君はまた小さく頭を下げた。

「いやいやいや、おかしいだろう」

俺は思わず椅子から立ち上がった。

「すみません。そうですよね。せっかく演奏していただいたのに、失礼でした」

「そうじゃなくて、君、えっと、渡部君が音楽に興味ないっておかしすぎるだろう」

俺が当然のことを言うのに、渡部君は眉をひそめた。

「そうですか？」

「そうですかって、あれだけのサックス吹いておいて、興味ないとか、本気だったら事件だ」

「事件？」

「もし、ウサイン・ボルトが、俺こう見えて走るの苦手なんだって言ったら、驚くだろう？　そんなの、謙遜にもなりゃしない。事件だ事件」

「はあ……。まあ、ぼくの場合、音楽をやっていたのは中学と高校の部活の時で。今はあまり身近にないんですよね」

渡部君は俺に責め立てられ、肩をすくめた。

「ってことは、渡部君は吹奏楽部でサックスやってたんだ」

「そうです」

「で？」

「で……？」

「その後、どうしたんだ？　高校を卒業してから」

その後、神様はどうしたのだろう。音大に行ったのか、プロを目指して上京したのか、それとも、今、音楽を仕事にしていないということは怪我でもしたのだろうか。サックスが吹けなくなる致命的な怪我。俺は渡部君の腕を眺めてみたけれども、すらりときれいに伸びた腕は程よい筋肉がついて見るからに健康そうだ。

「高校卒業後は、介護の専門学校に行って、ここに就職して今年で五年目になります」

渡部君は不思議そうにしながらも、自分の経歴を述べた。介護の専門学校。いったいなぜだ。どこで彼の人生はこうなったんだと首をひねっていると、渡部君は、

「宮路さんは？」

と聞いてきた。

「は？」

「宮路さんは、普段は何をされてるんですか？」

自分のことを述べたついでに俺にも話を振っただけだ。ただの社交辞令。仕事は何か、普段は何をしているのか。あいさつ代わりの定番の質問。でも、俺には難しい質

問だ。

「普段は……そうだな」

普段の俺。正直に答えるなら、「何もしていない」が正解だ。音楽をやっているなんてただの言い訳。もう自分がどこにも進めないであろう、今更何かにはなれないだろうとどこかで確信しているくせに、ただ部屋でギターを弾いている。それが俺の現状だ。

「俺はそう……」

「あ、もう腫れひいてますよね」

もともとそれほど興味もないのだろう。渡部君は俺の答えを待たずにそう言うと、「じゃあ、玄関までお見送りします」と立ち上がった。

「おい、ぼんくら」

エントランスで声をかけられ振り向くと、俺を杖で殴ったばあさんが立っていた。

「水木さん、わざわざ心配でいらしたんですね」

渡部君はばあさんのほうに笑顔を向けた。

「いや、このぼんくらが死んだりして私のせいにされたんじゃことだなと思って見にきただけだ」

　ばあさんはしかめっ面で偉そうに言った。

「こりゃとんだばあさんだぜ」

　俺が言うと、

「それより、ドラ息子はまたここに来るのかい？」

　とばあさんがさらに顔をしかめた。

　またここに来るのか。なんだその質問は。だけど、また来られるなら来たい。「故郷」に「ヘイ・ジュード」。もう一度聴いたら満足すると思っていたら逆だ。神様のサックスは、聴けば聴くほどもっと聴きたくなった。でも、さすがにそう頻繁にはここには来られないだろう。俺は利用者の家族でもなければ介護士でもないのだ。どうしたものかと考えていると、

「念のために、来週来な」

　とばあさんが言った。

「は？」

「頭は後で怖いって言うからね。後遺症が出たとか難癖つけられても困る」

「はあ……」

「ぼんくら、見るからに軟弱だしさ。確認のため、来週怪我見せにおいで」

あれ？　何だかうまいぐあいに運んでいる。またそよかぜ荘に足を踏み入れるチャンスだ。俺は、「まあ、そうするかな」とうなずいた。

「怪我されたままだとぼくたちも気になりますし、宮路さんのご都合さえ合えば」

渡部君もそう言った。

「じゃあ、来週ここに来たついでに、俺、ギター演奏でもしようか」

明日にでも治りそうな怪我をわざわざ見せに来て帰るというのも悪い。ついでに、二、三曲披露してやってもいいだろう。ところが、俺の厚意に、

「ああ、でも、来週は漫才同好会の方々が来てくださるんです」

と渡部君は申し訳なさそうに言った。俺の歌は、同好会でやっている程度の漫才を押しのけてでも聴きたいと思ってもらえるものではないようだ。

「わかった、まあ、じゃあ、とりあえず、ばあさんの様子見に来てやるか」

俺がそう言うと、ばあさんは、

「私がぼんくらの様子を見てやるんだよ」

と言った。

渡部君は俺とばあさんの顔を同じだけ見て、「仲良くなってよかったですね。宮路

さんと水木さん、気が合いそうですもんね」
と的外れなことを言った。

4

駅から徒歩八分。築十年目のアパート。しっかりした建物に、それなりに暮らせる広さの部屋。働きもせずにどうして生活できているのか。答えは簡単。親が金持ちだからだ。

記帳してきた通帳には今月も二十万円振り込まれている。

「好きなことをしたらいい。ただ、働かないなら、ここからは出ていくべきだ」

親父《おやじ》はそう言ったっけ。

俺の家は、じいちゃんの代から土地をいくつか持っている資産家だった。市議会議員をしている親父にとって、無職でふらふらしている息子は目障りだったのだろう。子ども一人まっとうな社会人に育てられないくせに、政策を訴えたところで、説得力はない。

親父に言われるまま、大学を卒業してすぐに、俺は実家の隣の県にあるこの街に引っ越した。

　じっとしていても働くのと同じくらいのお金が毎月振り込まれる。そうなると、ますます働くのがばからしくなる。仕事がお金のためであるのならば、俺は働く必要がない。やりがいが仕事ならば、やりたい職業がないのだから働きようもない。

　ただ、それが屁理屈《へりくつ》だというのもわかっている。どんな形であっても、今自分がいる社会に働くことで関わっていかなきゃならないだろうとも思う。でも、就きたい仕事もないうえにお金があるんじゃ、働こうという意欲はそうそう湧いてはくれなかった。

　壁に立てかけたギターを抱える。独学で覚えたコード。本を読んで、指の皮がむけるくらい何度も練習したっけ。

　最初に俺の家にみんなが来たのは、夏。ちょうど期末テストが終わったころだ。

　高校一年生になって、音楽をやってるという話がクラスでたまに上がるようになった。そうか。何か楽器を弾ければいいんだ。教室の様子にじっと聞き耳を立てていた俺はさっそくギターを購入して、練習した。たどたどしいながらも自分で音を鳴らすということが、たまらなくおもしろかった。指が痛むのも気にならないくらい、毎日のように弾いていたから、夏前にはある程度の演奏ができるようになった。クラスの中でギターの話をごくたまにするようになって、それを耳にした麻生《あそう》たちが俺の家にやってきた。

「おお、宮路けっこうギター弾けるじゃん。想像以上」

小学生のころからドラムをやっていたという麻生が言って、

「俺も楽器ねだろう。残るはベースか。親父買ってくれっかな」

と村中が言った。

「俺は何も弾けないからボーカルね。この中じゃ一番顔も整ってるし」

そう言う香坂《こうさか》に俺以外の二人が「はいはい、そのとおりー」とちゃかした。

「よし、明日も集まろうぜ」

麻生の提案に、俺は「明日?」と聞き返した。

「明日、都合悪い?」

「いや、俺は大丈夫だけど」

「宮路がOKなら俺もいける」

「俺は部活の後、顔出すわ」

「そいじゃ決まりな」

ずっと誰も来なかった俺の家に、明日またみんなが来るのだ。しかも、こんなにも簡単に。次の約束がすぐにあることに、俺の心は弾んだ。

ギターを抱えるたび浮かぶのはあの日のことだ。


「おお、ぼんくらこっちこっち」

翌週、そよかぜ荘に着くと、こないだのばあさんが一階フロアで待っていた。

「どうでもいいけど、ぼんくらって呼ぶのやめてくんない？」

「まさかぼんくら、名前あるの？」

「あるに決まってるだろう。ばあさん、ぼけてんのかよ」

「仕事もしてないみたいだし、名前もないのかと」

ばあさんは意地の悪い笑みを浮かべた。平日の昼間からここに来ている俺を、無職だと踏んでいるのだろうか。

「ばあさん。仕事は必ず土日が休みってわけじゃないんだぜ。平日が休みの仕事も山ほどある」

「そんなこと知ってる」

「じゃあ、どうして俺が無職だって決めつけるんだよ」

「そんなもん、顔見りゃわかるよ。仕事している人間がそんなぼけた顔してないだろう」

ばあさんは当たり前だとばかりに言った。

こないだ学生時代の仲間でバーベキューに行った時にも、「やっぱ働いてないせいか宮路肌つやいいよな」と言われた。「いいなあ。仕事するとストレス溜《た》まって疲れが顔にも体にも出るもんね」と友達が連れてきた彼女もうらやましそうにしてたっけ。本音では、「この年で、無職っていったいどうするつもりなんだろう」と思っているだろうに。

時間を持て余しているから、誰かと出かける機会があると参加する俺だけど、毎回、楽しさ以上にむなしさを持って帰ることになる。

「図星だろう。やっぱ、お前さんはぼんくらだね」

ばあさんの指摘に顔をこすっていた俺にそう言うと、「どうせたいした名前もないだろうし、面倒だから水木静江の息子って書いときな」とばあさんは受付の用紙を渡した。

「ばあさん、静江っていうんだ。こんなやかましいのにな」

と俺は憎まれ口で返しながら用紙に書き込んだ。先週宮路だったのに、今週は水木だなんて怪しまれないかと思ったけれど、「あらまあ、息子さん来てくれたのね。よかったですね」と受付のおばさんは微笑んで俺に入館証を渡してくれた。

「な。ぼんくらの名前なんてどうせ誰も覚えてなかっただろう」

そう笑うばあさんに並んで俺がエレベーターに入ろうとすると、

「働いてないくせに楽しようとするな」

と追っ払われた。

「なんだよ。それならばあさんだって、仕事してねえだろう」

「私は今までさんざん働いたからね。息子も二人立派に育て上げたし。エレベーターはお年寄り専用だ。あんたは階段で行きな。体がなまりきってるんだから、運動しないと禿《は》げるよ」

ばあさんはそう言って、自分だけさっさと乗り込んでしまった。

まったく、なんなんだ。せっかく来てやったのに。俺はしぶしぶ階段をのぼりながら、ため息をついた。ばあさんの言うとおり、体がなまっているのか、二階のコミュニティフロアに着いた時には、すっかり息が上がっていた。

「おい、こっちこっち。ぼんくらの席もとっといてやったよ」

「あ、ああ」

俺は手を振るばあさんの横にどっかと腰かけた。前から三列目。ステージも見やすいいい席だ。

「ぼんくら、まっすぐ歩けてるし後遺症はないようだね」

「ああ。あれ、耳の上をかすっただけで、頭は負傷してないからな」

「なんだい、水木さん、息子さんかい？」

俺とばあさんがしゃべっていると、ベージュのブラウスを着た上品なばあさんが前から話しかけてきた。

「違うよ。似ても似つかないだろう？　こんなすっとぼけた息子がいたら、私、穴の中で生活するしかないよ」

水木のばあさんは俺の横で顔をしかめた。しかめる必要などないくらい顔はしわしわだ。

「あらまあ。じゃあ、水木さん、こんな若い子どうしたの？」

「こいつかい？　ぼんくらだから若く見えるだけで、けっこう年食ってるんだよ」

「そうなんだ。じゃあ友達？」

「まさか。まあ召使いってとこだね」

「あはは。そういうことなんだ」

前の席のばあさんは俺の顔を見ながら笑った。

誰が召使いだ。年寄りというのは、人の気持ちを考えられないのだろうか。

ばあさんたちとなんだかんだと話している間に、前に大学生らしき若い男二人が並んだ。どうやら今日のステージが始まるらしい。

「ショートコント、銀行強盗」

と二人が声をそろえて言いだし、まぬけな強盗が銀行に入るというコントが始まった。

「はあ、なんだこれ、何がおもしろいのかな」

水木のばあさんが俺に聞いてくる。

「右側のやついるだろう。背の高いほう、あいつ銀行強盗なんだ」

「おやまあ、逃亡してきたのかい？」

「じゃなくて、芝居な」

「なるほど」

「でも、ほら、まぬけだろう？　びびりで、おろおろしてる」

「強盗にはむいてないね」

「そう」

「まっとうに働くべきだね」

「そうだな」

「で、どうなるんだい？」

「失敗して、まったくお金とれないみたいだな。で、今は定期預金の申し込みをするはめになってるな」

「堅実な強盗なんだね」

「ついでに積み立てもするみたいだな」

「あれ？　金持ちな強盗なんだね」

「ああ、そうみたいだ」

銀行強盗役の学生が「おっかしいな」と言いながら去って行って、コントは終わった。

じいさんやばあさんたちは、

「いい話だ」

「貯金の大切さがわかった」

と拍手をしていた。

コントの次は違う学生たちの漫才で、これは度肝を抜くほどのクオリティの低さだった。途中で自分たちはゲラゲラ笑ってはいるものの、年寄りは誰も笑っちゃいない。まず声が小さくて何を言ってるかわかりゃしない。しらけた空気に、

「こりゃ、ぼんくらの演奏に匹敵する寒さだねえ」

と水木のばあさんは言った。

「ああ、そうだなって。おい」

突っ込んでみたものの、客席は俺が演奏していた時の雰囲気と似ている。

「こういう、自分だけがわかってるのって、見るも無残だよね」

ばあさんはそう言って、肩をすくめた。

ダラダラ長い出し物はきっちり四十分続いて、俺はサックスを聴けないまま帰ることになった。

「今日はここまでだな。ぼんくら、今度来る時はさ、これ、買ってきて」

みんなの流れに従ってゆったりと歩きながら水木のばあさんは俺にメモを渡した。

「は？」

「あんた、時間だけは売るほどあるだろう」

「そんなわけねえけど」

メモには、ハンドタオル、のど飴《あめ》（かりんのど飴に限る）、ボールペンと書かれて

いる。

「それと適当に甘いもの買ってきてよ」

「これじゃ、俺、本当に召使いじゃんかよ」

「違うよ。私はぼんくらの労働にはお金を払わないから、召使いじゃないだろう」

「そっか。それならいいかって、俺、ただ働きじゃねえか」

「ついでだからいいじゃないの。ついでついで。はい千円。まあ、お釣りはくれてやるからさ」

「何のついでだよ」

「どうせ、ぼんくら、またここへ来るんだろう」

ばあさんに言われて俺は首をかしげた。どうせ俺はここへ来るのだろうか。

「ぼんくら、暇だし行く場所もないし、することもない。無職のうえ、彼女も友達もいないときたらさ」

「ああ、わかったわかった。買ってきてやるよ。また来週な」

これ以上、俺の情けない日常を並べられたんじゃ、たまらない。俺はそう言うと、メモをポケットに突っ込んだ。

5

ずっと曇りが続いていたのが、朝から気持ちよく晴れた。今日から七月。カレンダーを破ると、飲み会に釣りにライブ鑑賞。どうでもいい予定しか書かれていないページが出てくる。平日は何もない。一番近い用事は金曜日に水木のばあさんに買い物を届けるくらいだ。

天気がいいと足も外に向く。買い物でも行くとするか。俺は財布をポケットに突っ込んで、外へ出た。

いい年をした男が平日の昼間に街をうろついていて、どう思われるだろうか。大学を出てすぐのころは、周りの目が気になって、わざわざ夜になるのを待って買い物をしたり、遠出は休日を選んだりしていた。そのころは、もっと音楽のことも、将来のことも真剣に考えていて、試行錯誤して作曲していたし、ギターだってさらにうまくなりたいと練習していた。思いつくところすべてにデモテープを送り、ライブを聴きにも行っていた。

それがどうだろう。そんな生活が続くうちに、他人のことなど気にならなくなり、社会から外れることも平気になった。その分、自分の道を堂々と進んでいるのかと言えばちがう。周囲のことに関心が薄れるのと同時に、音楽に対するひたむきさも弱まっていった。あるのはただうすぼんやりとした日々だけだ。

「もう一回だけ合わせておこう」
「そうだよな。なんか微妙に音走ってた感じだし」
「よし、じゃあ最初から」

高校一年生の秋。俺たちは文化祭に出演することを決めた。ただ集まっては演奏していたのが、発表の場を前にして本格的になってきた。細かい部分まで合わせて、お互いに意見を言っては繰り返す。重い空気になることも増えた。だけど、それが俺たちをさらに音楽に夢中にさせた。学校の体育館で演奏するだけだ。それでも、俺たちは不安を消すために毎日練習して、当日は朝から震えている自分たちに苦笑した。あの感覚。ずいぶんと味わっていない。緊張や不安は厄介だけど、それが一つもない毎日は空虚だ。

水曜昼間のスーパーは人影もまばらで、クーラーが寒いくらいに利いている。かりんのど飴は食料品売り場ですぐに手に入った。次はハンドタオルだなと俺はひんやりした腕をさすりながら、二階婦人洋品売り場に向かった。

　水木のばあさんの言うとおり彼女はもう七年いないから、女向けのものを買うのに慣れていない。とりあえずピンクを選んでおけば間違いないかって、相手は女じゃなくてばあさんだ。あんまり派手なのは似合わないよなと水木のばあさんの姿を思い浮かべる。この間の服装はグレーのブラウスと紺のパンツだった。いや、待てよ。このタオルは自分で使うのだろうか。ばあさんは通いじゃなくてそよかぜ荘で暮らしているから、外出する機会は少なそうだ。持ち歩かないのならハンドタオルじゃなくフェイスタオルのほうが使い勝手がいいだろう。ということは、贈り物かもしれない。ここは万人受けするデザインを選ぶのが無難だな。ベージュに茶色の縁取りのハンドタオル。これなら、仮に贈る相手が男でも大丈夫だ。手に取ってみると、生地もふんわりして上質だ。俺って、案外買い物上手なんだよな。自分の選択に満足しながらレジに向かった俺はぎょっとした。店員は、

「千二百円になります」

　と言うではないか。

　ばあさんから預かったのは千円札一枚で、かりんのど飴を買ったから八百二十円し

か残っていない。この後、まだボールペンに甘いものも買わないといけないのに。あんな横暴なばあさんに金を出すなんて納得いかないが、もう店員は商品を包んでいる。俺はやむなく自分の財布から金を取り出した。

その週の金曜日、俺は二時前にそよかぜ荘に向かった。レクリエーションは二時三十分開始だから、菓子はその前に食べるだろう。

「これから来る時は、用紙に水木に面会だって書けばいい。面倒だから身内ってことにしときな」

受付で、先週ばあさんに言われたように書く。

「あら、宮路さんって、水木さんの息子さんだったのね。道理でよく似てらっしゃると思ったわ」

受付スタッフに言われて、俺は顔をしかめた。年齢からして息子じゃおかしいし、血がつながってもいないんだから似ているわけない。それに、あんな勝手気ままなばあさんに似たくもない。

「はあ……、まあ……」

「親孝行な息子さんがいていいわよね」

親孝行。それも俺にまったく当てはまらない言葉だ。親父とは家を出てから連絡を取っていないが、時々お袋からは電話がかかってくる。「ちゃんと食べてるのか」「元気にしてるのか」「困ってることはないか」会話はいつも同じ。二十万円もらってるんだからそれなりに暮らしているに決まっているだろう。そう思いながら、適当な相《あい》槌《づち》を打って電話を終える。本当は「そろそろ今後のこと考えなさい」そういうことを言いたいんだろうと思いながら。

すんなり手に入れた入館証を首からぶら下げ、俺は階段で二階へと上がった。

そよかぜ荘は三階建てだ。一階は事務所とお風呂や調理室やリハビリ室、他にデイサービスでやってくる人たちが過ごす部屋がある。二階は居住者の部屋十室ほどに、大きく取られたリビングダイニング。ここの半分がコミュニティフロアでレクリエーションが行われ、半分のダイニングでみんなが食事をしている。三階も同じように居住者の部屋があるようだが、日常生活に介助が必要な人たちがいるそうだ。

「よ。ばあさん。いろいろ買ってきてやったぜ」

俺はダイニングに水木のばあさんを見つけて声をかけた。

ダイニングには他にも四、五人のお年寄りがいて、本を読んだりおしゃべりをしたりゆったりと過ごしている。

「ああ、ぼんくら。でかした」

「でかしたじゃなくて、こういう時はありがとうって言うんだ」

俺は水木のばあさんの横に腰かけながら、テーブルの上に袋の中身を出した。

「これ、かりんのど飴だろう。で、ボールペン、ばあさんどっちがいいかわかんないから水性と油性両方な。甘い物はホームパイにした。これならたくさん入ってるから、みんなで分けて食べられるだろう」

「いちいち解説しなくても、物を見たらわかるよ。あ、そっか。ぼんくら、自分の買い物の腕をほめてもらいたいんだな」

水木のばあさんはそう言いながら、ホームパイの袋を開けると、「回しておくれ」と周りのじいさんやばあさんたちに配った。せんべいにクッキーにチョコレート。ダイニングはお菓子がたくさんある。年寄りたちは食欲旺盛みたいだ。

「本当、身勝手なばあさんだな。あと、これハンドタオル」

「ああ、どうも」

水木のばあさんは俺が千二百円も出して買ったタオルをろくに見もせずにさっとポケットに突っ込んだ。

「なんだよ。それ、ばあさんが使うの？」

「そうだよ。なんだと思ったんだい？」

「なんだってことはないけどさ」

「お釣りはとっといたらいいよ。手間賃な」

水木のばあさんはそう言うと、ホームパイをほおばった。

「お釣りってさ……」

ばあさんは今の物価を知らないのだろうか。今回の買い物で俺は千円以上自分のお金を使った。自分のお金……、ではないか。親父の金だから、まあ、いいとするか。

「あらあら、また来たの？」

俺の隣にこの前の上品なばあさんがやってきた。

「えっと息子さんだったっけ」

ばあさんが言うのに、

「そんなわけないだろう」

と俺と水木のばあさんはそろって否定した。

「ああ、わし、この兄ちゃん知ってる。ほら、腹芸見せに来てた子だね」

俺の斜め向かいに座っているじいさんが言った。

「違います。ギターです」

「ギター。はて手品かいな」

「いや、だから、ギター弾いて歌ってたんだって」

じいさんやばあさんと話してると、こっちまで間延びしてしまう。俺が頭を抱えていると、

「楽しそうですね」

とさわやかな笑顔を見せて渡部君がやってきた。

「はいお茶。宮路さんもよかったらどうぞ」

「ああ、どうも」

渡部君がいると空気が明るくなって、ばあさんたちがうきうきしているのがわかる。うちのばあちゃんもそうだったけど、何歳になっても女なんだよな。恋人になろうとかそういうのとは違うけど、ちょっとばかしこぎれいな若者がいるとみんな浮かれるようだ。

「そうだ、今日はレクリエーション何?」

「今日は落語です。宮路さん、いつもレクリエーション楽しみにしてくださってますもんね。落語、お好きですか?」

好きなわけがない。俺は静かに首を横に振った。

「今日はばあさんに頼まれたものを届けに来ただけだよ」

「すみません。そんなことをしていただいて」

「コウちゃんが気にすることないよ。ぼんくら、毎日やることなくて困っててさ。喜んで買い物行っててんだからさ」

水木のばあさんの勝手な言い分に俺は言い返す気力もなく、ただ肩をすくめた。

「ほらほら水木さん。そんな憎まれ口たたいたらだめですよ。宮路さん、お気を悪くしないでくださいね」

「いや、気なんて悪くならないけどさ」

「そうだよ。ぼんくらなんだから、なるわけない」

「ばあさんは黙ってろって。あのさ、買い物の代わりっちゃなんだけど」

「なんでしょう？」

渡部君は優しい笑みを浮かべている。そうだ。わざわざ買い物をしてやってるんだ。金ももらわず身内でもないのにだ。少しくらい要望を出してもいいだろう。

「あのさ、その、サックス聴かせてくんないかな」

「サックス？」

「そう。渡部君の」

渡部君は、「代わりにお聴かせするほどのものじゃないです」と笑った。

「いや、聴きたいんだ。俺は君のサックスが」

「あはは。ありがとうございます。じゃあ、またの機会に」

またの機会。また今度の約束なんて、待っていたところで訪れるわけがない。

「それって、いつ？」

俺は食いついた。

「あらまた始まったみたいだね。ぼんくらはしつこいから」

横では水木のばあさんがバリバリとせんべいを食っている。

「いつ……そうですね。いつでもいいような、そう言いつつ、時間もないような」

「だろう。じゃあ、今日の仕事終わりだ。待ってる」

「はあ……」

「何時に仕事終わる？」

「今日は早番だったので、六時か七時には上がれると思いますが」

「じゃあ、七時。入り口で待ってるから」

「はあ……」

渡部君はわかったのかわかっていないのか不明の相槌を打つと、次のテーブルにお茶を配りに行った。

「よし、帰るとするか」

レクリエーションは落語だし、神様のサックスは夜に聴ける。今日はもうここにいる必要はない。俺が立ち上がると、

「来週はこれ頼むわ」

と水木のばあさんはまたメモを差し出した。

「はあ？」

「買い物。どうせ暇なんだからいいだろう」

なんて強引なばあさんだ。しかもメモには、先週よりたくさんのものが書かれている。

「これ、多すぎないか？」

「この辺のみんなのもついでにさ」

「ばあさんたち、身内いるだろう？　家族に頼めよ」

俺は年寄りたちの図々《ずうずう》しさにあきれて、そう言った。

「そうなんだけどさ、娘は来てくれるだけで面倒かけてるのに、それ以上何か頼みにくいじゃない」

俺の隣の上品なばあさんがそう口火を切ると、

「内田さんの言うとおり、他人のほうが頼りやすいこともあるんだよね。だからこうやってホームに入ってるんだよ。まあ、うちは子どもなんて来たことがないし」

「下手に頼み事して機嫌損ねられたら困りもんだからね」

とばあさんやじいさんたちが口々に言った。

それをわざわざ俺に頼むってどういうこと？　身内に向けるその配慮を俺には向けないのか？

俺がそう反論しようとすると、

「ぼんくらほど暇な人間はそういないんだから買ってきてくれたらいいんだよ」

と水木のばあさんが強引にまとめた。

そういや、こないだ麻生にも「夏にキャンプでもしよう。宮路、暇だろうし幹事頼むな」って言われたっけ。暇。みんなにそう見極められてしまう俺。どうしようもなく情けない。

「そういうことでまた来週だな」

水木のばあさんは俺にメモを押し付けると、にやにやと笑って手を振った。

俺の家からそよかぜ荘までは電車で二駅ある。いったん帰るのも面倒だから、七時まで近くの喫茶店で過ごすことにした。

夏が始まった暑さに梅雨の湿気が入り混じって、体中がじっとりする。俺は喉を冷やすために炭酸水を飲んだ。あと四時間。雑誌でも読んで時間をつぶすか。俺は店に置いてある本を何冊か手にして席に戻った。

周りにはパソコンを開いている人が何人かいる。こんなところでまでしなくてはいけない仕事があるなんて、することがない俺とは大違いだ。実際に働いている人を目の当たりにすると、さすがに体の奥がざわつく。ちがう。することがないんじゃない。俺はチャンスを待ってるだけだ。いや、そういう言い訳は自分ですら聞き飽きた。

大学を出てから七年。チャンスなどもう回ってこないことを知っている。それに、仮にチャンスがやってきたって、俺はそれをものにできそうにもない。音楽を仕事にしているやつは、もっと必死でもっとひたむきでもっと自由だ。すぐに思いつくようなメロディーに乗せて、ありきたりな言葉を誰にでも弾ける程度のギターで歌っているだけの俺ができる仕事ではない。今の生活に踏ん切りをつけないのは、夢をあきらめられないからじゃなく、何をしていいのかわからないからだ。バイトだってなんだっていい。少しでも社会に出るべきだ。いい加減まともに生きる決心をするべきだ。

そんなことわかってる。でも、まだ猶予はある。十一月二十七日。三十歳になるまでは、やってみるって決めたんだ。やってみる……？　どうせ何もできそうもないのに、三十歳になるのを待つ必要があるのだろうか？　あと五ヶ月。いったい何のための期間だろう。本気で考えると、空っぽな自分が見えるだけだ。いいじゃん。誰にも迷惑かけてないんだから、好きにやってさ。俺は自分に反論して漫画本に目を落とした。

七時過ぎ。そよかぜ荘の門から、何人かの従業員が出てきた。その中に渡部君もいる。俺はわくわくして、

「よ」

と駆け寄った。

するとと渡部君は、

「あらまあ、宮路さんどうされたんですか？」

と驚くではないか。こいつ、年寄りと一緒にいるせいで、ぼけてるんじゃないだろうか。

「どうされたも何も、七時に待ってるって言っただろう？」

「ああ、確かにそうでした」

渡部君は思い出したのか、そううなずいた。

「で、サックスは？」

「事務所に置いてますけど」

「事務所？」

「ええ。毎日持ち歩くのも重いんで」

「重いって、俺はサックスを聴かせてくれって待ってたの。七時まで」

こいつ、人の話全然聞いていないじゃないか。俺ががっくりするのに、渡部君は
「すみません、本当だったとは……。あ、すぐに」と言いながら、そよかぜ荘に走っていった。

事務所に置かれたままのサックス。吹いてもいいですよと言いながらもうっかり忘れられる約束。神様みたいな音が鳴らせるだけで、渡部君にとって、音楽の優先順位は本当に低いのかもしれない。

サックスケースを抱え戻ってきた渡部君と俺は、迷惑にならないところをと探して、そよかぜ荘裏の公園に向かった。

小さな公園にはまだ日の光が残っていて、それでいて暑さも和らぎ風が心地いい。すっかり光が消えるまで時間がある。夏の夜は動いていい時間を多めに与えてもらえ

たようで心がどこか弾む。

「さて何を吹きましょう」

渡部君は公園のベンチに荷物を置くと、サックスケースを開けた。

「なんでも吹けるの？」

「聴いたことのある曲ならですが」

「どうせなら渡部君の得意な曲、吹いてくれよ」

「得意な曲となると、クラシックになってしまうし……。あ、そうだ。あれ、吹きましょう」

「あれ？」

「前に宮路さん、『ウェイク・ミー・アップ・ホウェン・セプテンバー・エンズ』を聴きたいっておっしゃってましたよね」

「うん、俺の好きな曲。知ってるの？」

「ぼくもグリーン・デイ、好きなんで」

「そうなんだ。じゃあ、決まりだな」

俺がベンチに腰かけるのを見ると、一つ息を吸って渡部君は音を奏で始めた。

大学時代、グリーン・デイの派手でわかりやすい曲が好きだった。単純明快ですかっとする。こういう音楽っていいよな。そう思って聴いていたら、「ウェイク・ミー・アップ・ホウェン・セプテンバー・エンズ」に胸を締めつけられた。静かで優しい曲。希望なのか絶望なのか、たいして勉強してこなかった俺には英語の歌詞の意味は半分もわからないし、アメリカにとっての九月の意味を日本に住む俺が正しくは理解できない。それでも、この曲を聴くと寂しさの向こうにちゃんと光がともっているような気がしたっけ。

サックスで奏でられる「ウェイク・ミー・アップ・ホウェン・セプテンバー・エンズ」に、頭の中に歌詞が浮かびあがってくる。

夏は終わる。無邪気なままではいられない。九月の終わりに起こしてほしい。

はたして、俺は目覚めたいのだろうか、起きるのはつらいことなのだろうか。サックスの少しさびれた響きはグリーン・デイのボーカル、ビリー・ジョー・アームストロングの声に似ている。

ウェイク・ミー・アップ・ホウェン・セプテンバー・エンズ。九月ではないけど、梅雨はもうすぐ終わる。もしかしたら、今、この曲を聴けたということは、俺に起きろと誰かが言っているのかもしれない。この音さえあれば、俺も何かできるのかもしれない。

「すげえ」

最後の音が完全に空に吸い込まれたのを確認してから、俺は拍手をした。

「宮路さんは何でも感動してくれるんですね」

「ああ、普通感動する。こんな音楽聴いたら、誰だって胸が震えるだろう?」

「さあ……。あんまり胸を震わせている人を見たことないですけど」

渡部君はそう言いながらサックスをケースにしまい始めた。そよかぜ荘のレクリエーションで時間が余る時まで、またこのサックスはケースにしまい込まれたままになるのだ。そんなことがあっていいのだろうか。

「なあ、一緒にやらない?」

俺は思わずそう声をかけていた。

「何をですか?」

「何をって、音楽」

「音楽?」

渡部君はきょとんとしたまま、俺の横に腰かけた。

「俺がギターとボーカルで渡部君がサックス。最高のハーモニーになると思うんだけど」

「ギターとサックスが合うとはあまり思えませんけど、レクリエーションで一緒に演奏したら喜ばれるかもしれないですね」

「老人ホームで演奏するんじゃなくて、もっと広い世界でってことだよ」

「広い世界？」

「渡部君さ、こんなところでくすぶってるの絶対もったいない。一緒にバンド組んでやろうぜ」

「バンド？」

「そう。絶対楽しい」

渡部君に話している間に、俺自身が駆り立てられてきた。そうだ、今ならできる。音楽をやる時がついにやってきたのだ。

「音楽は思いを自分の演奏に乗せられるんだぜ。それに感動してくれる人がいてどんどん輪が広がってさ」

「はあ……」

渡部君はまるで気乗りしない声を出した。

「はあって、イメージしてみてよ。渡部君のサックスが誰かを勇気づけて誰かを奮い立たせて。他人に働きかけられるってすごくない？」

「ぼくたちは毎日お年寄りの方が立つのをお手伝いしてますけど」

渡部君はおどけて言った。

「お年寄りばっかじゃなくてさ。ほら、コンサートとかものすごい興奮するぜ。そこの地名叫ぶだけで観客はみんなキャーってなるんだから」

「ぼくは地名を叫ぶことに喜びを見出《みいだ》せそうにないです」

「地名じゃなくたって、音楽で魅了した後なら、何言ったってみんな恋人のように喜んでくれる」

「そよかぜ荘の人も何言っても息子のように歓迎してくれますよ」

「それ、あいつらがぼけてるだけだろう」

「それもありますけど」

渡部君は肩をすくめた。

「俺にしたら逆に不思議だよ。どうして？　どうして渡部君はサックス、本気でやんないの？」

「そう言われても。こうして吹くのがちょうどいい感じで」

「逃げじゃゃん。試してみようよ。サックスの腕をさ」

「何からも逃げてはいませんけど」

「とにかく俺とやってみようぜ。渡部君、まだ若いだろう？」

「二十五歳です」

「だったら、やらなきゃ。そうだ。俺と一緒にやろう。二人で音楽で何かを成し遂げようぜ」

俺の声は公園に高らかに響いた。それなのに、渡部君は冷静に、

「ぼくは仕事をしてるのでなかなか難しいかと」

と言ってのけた。

仕事……。なんだよそれ。そんな正論掲げられたらどうしようもない。いや、そんな常識に屈していられない。俺は七年間も無職でいたのだ。

「持っている力を試さないでいるのってもったいないだろう。いや、違う。君のことはどうだっていいや。そう、俺がやりたいんだ。渡部君と」

「そう言ってもらえるのはありがたいです」

「だろ？　誰かに惚《ほ》れこまれるって光栄だろう。一緒にやろうって頼まれるのってすげー幸せなことだと思わない？」

俺は誰にも見込まれたことがない。小学生のころからすべてがごく普通。そのせい

か、誰かに強引に誘われたことはなかった。

「同じような言葉、中学生の時言われたことあります」

渡部君は静かに微笑んだ。

「だろう、みんな渡部君のサックスが好きなんだって」

「いえ。一緒に走ってくれって駅伝に誘われたんです」

「駅伝？」

思いがけない言葉に俺は聞き返した。

「小さな中学校で、駅伝大会に出るのに人手が足りなくて陸上部に引っ張られたんです。ぼく、吹奏楽部だったんですけど」

渡部君は楽しそうに言った。

「そうなんだ」

「最初は走りたくないとごねてたけど、でも、あの夏、すごく楽しかった。一緒にやろうって言われるのはいいですよね」

「おお、わかってくれた？」

「なんとなくは。じゃあ、バンドとなるとたいそうだから、友達になりましょう」

「友達？」

「そう。それでいいでしょうか？」

友達ってこういうふうに宣言してなるものだっけ。今いる友達はだいたい学生時代からの仲間だ。学校にも職場にも所属していないから、新しい知り合いは七年以上できていない。

友達。よくわからないけど、今の関係よりも一緒に音楽ができる立場に一歩、いや、かなり近づけるということにはちがいないはずだ。

「ああ、そうだな。いいかも」

俺がそううなずくと、

「よかったです。では帰りましょうか」

と渡部君は立ち上がった。

うっすら残っていた太陽の光もなくなって、街灯がともり始めた。梅雨が終わって夏が始まる。俺の一番好きな季節だ。

6

袋二つを抱えてそよかぜ荘の受付に行くと、

「あら、水木さんとこの息子さん、今日は大荷物ですね」

とスタッフの前田さんに声をかけられた。

もう完全に水木のばあさんの息子になってるのか。しかも、今日は大荷物って度々来るわけじゃないのに。いろいろ考えるとこはあったけど、荷物を運んでしまいたい。

俺は、

「どうもどうも」

と頭を下げながら入館証をもらって、二階へ向かった。

「はいよ。じいさん、ばあさんたち」

俺がテーブルの上に袋を置くと、みんな「うわあ」と子どもみたいな歓声を上げた。

二階の十室は満室らしいから、十名の人がいるはずだ。でも、このダイニングに出ているのは、だいたい五、六人。小さな部屋でじっとしていると息が詰まらないのだろうかと思うけど、年寄りにとっては体を動かして何かするほうがしんどいのだろうか。二階の居住者さんはだいたいのことが自分でできる元気な方だと渡部君が話していたけど、それでも、移動さえ億劫《おっくう》なのかもしれない。俺もいつかそうやって年を取っていくのだ。体力や気力が満ちている間にしかできないことがある。くすぶっている場合ではないのかもしれない。

「これ、カルピスウォーターね。それとなんだ、五本指の靴下ってこれにしたけどいいかな？　それと、緑の容器で40って書いてある目薬」

俺がメモに書かれた言葉を口にしながら並べるのに、

「こうやって思いどおりの物を買ってもらえるって感激だ」

と今中のじいさんが言った。

「そうだよね。息子に買ってもらうとなると、細かい指示出せないからさ、なんでもいいからかゆみ止めとかって頼んじゃうんだよね。探さなくても買えるものにしないとと思うからさ」

そうしみじみと言う八坂《やさか》さんに、「ムヒのマイルドタイプね」とかゆみ止めを渡してやった。

俺は他人だからか、細かい指定があったほうが買い物をしやすい。的外れなものを渡して戸惑われたら二度手間だ。それを、身内となるといろいろ気遣うって妙な話だ。いや、身内だから何でも言えるなんていうのこそ、ただの理想なのかもしれない。

「働かないなら、ここからは出ていくべきだ」

親父にそう言われた時、驚いた。そこまで俺って恥ずかしい存在だったのかとうっかり泣けてしまいそうになったくらいだ。今、きちんと話さないとこの隔たりは消えることはない。親父の言葉の真意を聞くべきだ。そうわかっていたのに、親父が「二十万円もあれば足りるだろう」と続けたのに、「ラッキー」と喜ぶふりをするのが精いっぱいだった。

じいさんやばあさんたちの気持ちは、あの時の俺とどこか似ているのかもしれない。

「で、ばあさんはこれにしたけど」

俺は水木のばあさんに柿の種を渡した。今回はメモに、なんでもいいから辛いお菓子と書いてあった。

「ああ、いいよ。ぼんくらは物を選ぶセンスはあるからな」

ばあさんは偉そうに受け取った。

「相変わらずふてぶてしいな。そういう時は素直にありがとう、って言うんだよ」

俺が教えてやると、

「ありがとう？　それはぼんくらが言うセリフだろう」

とばあさんはお得意の意地悪そうな笑みを浮かべた。

まったくひどいばばあだとため息をつきながらスタッフがいれてくれたお茶を飲んでいると、

「来てた、来てた。ぼんくらさん、あなた、ギター弾かれてましたよね」

　と初めて見るじいさんが声をかけてきた。

「そうですけど」

「わたしも実はギター持ってまして。家から送ってもらったんですけど、教えてくれませんか」

「まあ、いいけど」

　とじいさんのほうを見て俺は頭を抱えた。じいさんが持っているのは、ギターじゃなくてウクレレだ。

「それ、じいさん、ウクレレだよ。ギターとは違うんだ」

「ああ、昔のギターですから小型なんですね」

「いやいやいや、弦の数とか形とかまるで違うだろう。俺、ウクレレなんて弾いたことないし」

「ああそりゃそりゃ、わたしは本庄《ほんじょう》と申します。お世話をかけますが、よろしくご教授お願いいたします」

「いやだからさ、ギターって」

　俺がそう説明している横で、

「あら、本庄さん、楽器始めるの？」

「そうなんです。ぼんくらさんに教えていただくことになって」

「よかったわね。音楽できるといいものねえ」

「ゆくゆくはぼんくらさんとバンドでも組もうかと」

とスタッフとじいさんで話が進んでいる。

「願ったりかなったりだな、ぼんくら」

水木のばあさんはけたけたと笑った。

本庄のじいさんは、すっかりウクレレを始める気になって、何度も俺に「よろしくお願いします」と頭を下げた。これは了承する以外に選択肢はない。「わかった、わかったよ。来週からな」と答えると俺は腰を上げた。商品も届けたし、またもや強引に買い物メモを渡された。あとは、友達の顔でものぞいて帰るとするか。

俺はばあさんやじいさんに手を振ると、そよかぜ荘の中をゆっくりと歩いた。年寄りたちの動きの緩慢さに、ただただ穏やかな空気。ここにいると、俺の足取りも自然と緩やかになる。そよかぜ荘に来るのも五回目、生活の流れやスタッフの動きもなんとなくわかってきた。

スタッフは、ほぼ一日かけて利用者さんを順番に入浴させていき、その中で食事の介助におむつ交換に話し相手に掃除をする。やることはハードだし、相手はかわいげのない年寄り。よくまあこんな仕事を選んだよなと、他人事《ひとごと》ながら感心してしまう。

「あ、宮路さん」

車椅子のじいさんを押した渡部君が、エレベーターホールから歩いてきた。じいさんは肌がつやつやしているし、どことなくほっこりしているから入浴してきたのだろう。

「よう」

「今日も買い物を届けに？」

「そうなんだよなあ」

「宮路さん、本当に面倒見がいいんですね」

「まさかだよ」

面倒見なんてまるでよくない。年寄りの強引さにかかったら、断ることが不可能なだけだ。

「あ、そうだ、それより、飯でも行かない？」

神様はもはや友達だ。友達ならご飯食べたり、話したり、そういうものだろう。

「いいですけど」

「じゃあ、今日どう?」

「今日はもう夕飯作って待ってくれてると思うので」

渡部君は申し訳なさそうに言った。

「なんだ、結婚してたんだ」

「結婚はしてませんが。じゃあ、明日どうでしょう? 六時には仕事終わりますから」

「ああ、いいよ」

「では、駅前で待ち合わせしましょう」

渡部君は話をてきぱきと進めると、

「お待たせしました。すみませんね」

とじいさんに声をかけ、フロアの奥へと向かった。

距離が縮まったことに意気揚々としたけど、渡部君は彼女がいてしかも同棲《どうせい》しているようだ。こぎれいだし、サックス吹けるし、仕事もしてる。そうなりゃ、彼女だっているだろう。

それに比べて俺は、仕事もしていないうえに彼女だっていない。まったくどうしようもない。いや、そんなことない。みんながほしいとよく言う自分の時間が、俺には嫌になるほど目の前にある。そう悪い毎日じゃないはずだ。

7

翌日の午後、俺はさっそく楽器店に向かった。本庄のじいさんはすっかりやる気だったし、適当なことを教えるわけにはいかない。俺は楽譜は読めるし、ギターは弾ける。ウクレレも練習さえすれば、なんとかできるようになるだろう。

駅前のショッピングモール内の楽器店には、けっこうな種類のウクレレがあった。安いのから高いのまで、本当に楽器はピンキリだ。

「ギターでもやろうかな」

高校一年生になって、そう言った俺を楽器店に連れて行った親父は「どうせやるならしっかりやりなさい」と店で一番いいギターを買ってくれた。「本格的にやれば、今からだってものにできる」って。その時の俺はギターがうまくなりたいだなんて本気では思っていなかった。学校で、ギターやバンドがブームになっていて、俺もその中に入れるかなと思っただけだ。それなのに、親父が買ってくれたのは十万円近くする、見るからに高級な重厚感のあるギター。いかにも親父が選びそうなギターだ。手にした時、思ったのはそれだけだった。

ケースの中に飾られた数万円するウクレレは、木の質感が出て、細部の厚みも計算されていい音が出そうだ。でも、楽器は価格じゃない。音楽には、いい曲を奏でる以外にも、意味がある。

いくつか手にしてみて、最終的に俺が選んだのは、三千八百円のウクレレスターターセット。クリップチューナーにレッスンＤＶＤに初心者用テキスト付き。至れり尽くせりの代物だ。これでざっとひととおり練習すれば、じいさんに教えられるだろう。

ウクレレを購入した俺は、そのまま駅で渡部君を待って、夕飯にと近所の居酒屋に入った。

「ウクレレですか？」

渡部君は俺が椅子の上に置いたケースを眺めた。

「そう。今日買ったとこ」

「宮路さん、本当音楽が好きなんですね。その年で新しい楽器始めようなんて」

その年でって、この楽器を始めようとしているじいさんは俺の二倍以上年を取っている。

「違うよ。これはそよかぜ荘で本庄さんが教えてくれって言うからさ。ある程度は弾けるようにしないとと思って買っただけ」

「すごいですね。人に教えるために予習するなんて」

「まあ、そうかな」

「そうですよ。音楽も人も好きじゃないとなかなかできないですよ」

人はさておき、弾いたことのないウクレレを教えることを引き受けるんだから、音楽はやっぱり好きなのだろう。

「今日彼女は？　遅くなるのよかった？」

乾杯を済ませると、俺は渡部君に尋ねた。

「彼女？」

「あれ？　一緒に住んでる恋人いるのかなって思ったんだけど」

「いえ。いませんよ。どうしてですか？」

渡部君は運ばれてきたサラダやら唐揚げやら卵焼きやらをきれいに器に取り分ける。

「ほら、昨日、夕飯作ってくれてるって」

「ああ、祖母です。ぼく、祖母と二人暮らしなんです」

「そうなんだ」

どうしておばあさんと二人で？　そう聞く前に渡部君に、

「宮路さんは彼女、いるんですか？」

と返された。

「いや、いないなあ。うん、俺にできるわけない」

「そんなこともないだろうけど。宮路さんって普段は何されてるんですか？」

「普段？」

「そよかぜ荘にいらしてない時です」

「そうだな……」

そういや、前も渡部君にそう聞かれ、答えないままうやむやになっていた。三十前の男が毎週暇そうに老人ホームにやってくるのは、どう考えてもおかしな話だ。「音楽をやってる」と答えようとしたけど、気が引けた。何もしていないという罪悪感に駆られて、作曲めいたことをしてみたり、練習っぽいことをしているだけで、中身はない。あのサックスを吹けるやつを前に「音楽をやってる」だなんて、まさか言えるわけがなかった。

「正直に言うと何もしてない。無職ってこと」

「ずっとですか？」

渡部君は「いただきます」をしてから、鶏《とり》の唐揚げを口に入れた。

「うん。大学を出てから七年ね」

俺はなんてことのないふうに言ったけど、自分で口にして、よくもまあ七年もとあきれそうになった。

「だいたい家にいらっしゃるんですか？　それともバイトとかですか？」

一人暮らしをして二年目くらいまでは、たまにどうしようもない焦燥感に駆られ、バイトの面接を受けに行ったことが何度かある。だけど、毎回惨敗。コンビニにファミレスにファストフード。どこを受けても、不合格だった。甘やかされて育ったうすとぼけた空気を纏《まと》っているのは自分でもわかる。賢くもないうえに取柄もないし覇気もない。そのくせ、お金ならあるという無駄な余裕がどこかに漂っている。合格するわけがない。そのうち、不合格だと否定されることが怖くなって、面接を受けることもなくなった。結局俺は、アルバイトの経験すらない。

「ちょこちょこ出かけたり、ギター弾いたり、作曲したりはしてるけど。バイトもしてないし、家にいる……かな」

ばあさんたちに頼まれた買い物と、とりあえず鳴らすギター。ふらふら街を歩いて、寝ては時間をつぶす。そんな腐った暮らしをしているのが実態だ。

「それで、どうやって生活を？」

渡部君は不思議そうに首をひねった。

当然の疑問だ。どんな夢を抱いていようが、生活をするのにはお金がいる。就職もバイトもしないで、年金を受け取っているわけでもない俺が生きていられるのは謎だろう。

「まあ、そのさ、うち、親父が金持ちで」

自分で言って鳥肌が立った。こりゃ、ばあさんたちにぼんくら呼ばわりされてもしかたがない。時々、自分自身が親のすねをかじっていることに面と向かう時、恥ずかしくて消え入りそうになる。

「仕送りですか？」

「そう、まあね」

「大事にされてるんですね」

渡部君は「いいですね」と微笑んだ。

「それより、渡部君は？　どうして？」

「どうしてって？」

「いや、いつサックスを始めたの？」

自分のことを話すのは忍びない。俺はさっさと話題を変えた。

「中学校です。吹奏楽部に入ってサックスの担当になって」

「どうして吹奏楽部？」

「やっぱり変ですかね」

「変ってこともないけど、あんまり男子で吹奏楽部入るやついなかったなと思って」

「ですよね。きっかけって言えば、中学生の時のぼくは周りの目ばかり気にする変なやつで……」

「だからって吹奏楽を？」

「ええ。とにかく知的で優雅な雰囲気を出したいって思ってて。音楽やってると余裕のある家庭みたいだろうと。間違ってますよね」

渡部君は楽しそうに笑った。

「余裕がある家庭に見せたかったんだ」

中学生のころはだいたいみんなおかしな自意識があふれまくっていたけど、裕福に見せたがっているやつはいなかった気がする。

「あのころは祖母と二人暮らしをしている自分がコンプレックスで。たいした苦労をしていているわけでもないのに、泥臭い生活をしている自分を決して見せたくなかったんですよね。優雅でハイセンスで苦労とは無縁な雰囲気を作ろうって。お坊ちゃんぶりたかったんです」

　渡部君は俺とは反対の位置にいたんだ。でも、自分のいる環境がもどかしかったのは俺も同じだ。「金持ち」に「お坊ちゃん」、それらの言葉には、甘やかされて育って何もできないだろうという気持ちが込められている。あのころの自分は、どの程度自分を出せばちょうどいいのかがまるでわからなかった。

「おばあちゃんと二人暮らしなんて、引け目を感じるようなことじゃないのに」

「本当に。貧しいことも家庭環境が複雑なことも、ちっとも悪いことじゃないですよね。それでも、中学生の時は自分に自信がなくて、少しでもマイナスに思える要因は隠したくて。自分が周りからどう見えているかってばかり考えているようなつまらない子どもだったんです」

　渡部君は懐かしい思い出を振り返るように、穏やかに話した。俺だってそうだった。どうしてあんなにも人の評価が気になっていたのか今では不思議だけど、金持ちなのを鼻にかけている、そう思われないために、息をひそめて周りの状況を窺《うかが》うのに必死だった。そして、そうやって繕えば繕うほど、俺は周りから置いていかれていた。

「最初は自分を偽るために始めたようなものなんですよね。サックス」

渡部君はそう言って三杯目のビールを飲み干した。意外にお酒が強いようだ。

「へえ……それがこんなに？」

「スタートはそんなのだったけど、中学校三年生で駅伝走って、高校入って進路が明確になって勉強に本気になって。そういう中で、サックスへの思いも強くなっていった気がします。宮路さんは？」

「俺？」

「いつ、ギターを始めたんですか？」

聞いたのと同じような質問が自分にも戻ってくる。会話はキャッチボールっていうけど、本当なんだと変なことに感心する。

「俺は高校一年生の時」

「高校時代ってギター弾いてる男、多かったですもんね。でも、そこからずっと続けてるのはすごいです」

「俺は逆に、あんなに吹けるのにやめちゃうほうがすごいと思うけど」

「宮路さんいつもほめてくれますけど、そこそこですよ。ぼくのサックス」

「まさか。ずしんと胸に来たぜ。俺だけじゃない、ばあさんたちみんな感動してたじゃん」

「サックスって生で聴く機会があまりないじゃないですか。だからちょっとした演奏でも、そう思っちゃうんですよ」

渡部君はあっさりと言った。

そういう単純な理由だろうか。そんなことで俺の胸はあんなに動かされたのだろうか。一切の躊躇《ちゆうちよ》なく俺の中へと入ってくるサックスの音。俺に最後のチャンスをくれるのは、ここまで腐りきった俺に光を当ててくれるのは、あの音のはずだ。

「そんなことあるわけない。やろうよ。音楽、一緒にやろう」

「はあ……宮路さん、本気なんですね」

「当たり前だよ。渡部君のサックスがあればきっとできる。世界に広がる音楽を奏でられる」

「世界に広がる？」

「そう。そよかぜ荘とびだそうぜ。俺たちの音楽はこんな小さな世界で鳴らす音じゃない」

「いいですね」

渡部君は静かな笑みを浮かべた。

「な。いいだろう」

「この年になって夢を見られるって、やっぱりお金持ちはいいなと少し羨ましいです。ぼくは働かないと生活できないから」

　渡部君は笑顔のままで俺にそう言った。

なんだよ、金持ちって。金を持ってるってだけでみんなしてフィルターかけやがって。俺は金持ちなんかじゃない。家が裕福なだけだ。だいたい金持ってて何が悪いんだよ。俺はそう反論すると、一気にビールを飲み干した。

　そのあと、金持ちがどれだけ苦労するのかわかってる？　と絡んで飲んで、音楽ってどれだけ素晴らしいのかわかってる？　と語って飲んで、すっかり酔っぱらって、俺は渡部君に家まで送られて帰った。


　翌朝、目が覚めると、どんよりと頭が痛かった。ああ、せっかく久しぶりに友達と飲んだっていうのにこんな酒になってしまうなんて。重い頭のまま起き上がると、テーブルにポカリスエットとカリカリ梅が置いてあった。渡部君だ。昨日、帰り道でコンビニに寄って買ってくれたんだっけ。

　ポカリスエットを飲みながら、冷凍庫から出した保冷剤を額に当てる。仕事も予定もないから、いつ酒を飲んで体調を崩したっていい。二日酔いになり放題の自由な暮らしは最高だとやけになってつぶやいて、はっとした。予定がないわけじゃなかった。金曜日までにウクレレを弾けるようにしておかなくてはいけない。人に教えるんだ。迷わず弾ける程度にはしておかないと。

俺はポカリスエットを飲み切ると、冷たい水で顔を洗った。相手が知り合ったばかりのじいさんだったとしても、「あいつに声かけて失敗だった」そう思われるのは嫌だ。

身支度を整えた俺は、ケースからウクレレを出してその軽さに驚いた。安いだけあっておもちゃみたいだったか。いや、このおもちゃみたいな楽器を弾きこなしてこそ音楽だ。初心者用テキストには、持ち方からチューニングの仕方まで図入りで丁寧に書かれている。ウクレレの四弦はソドミラ。ギターは六弦でミラレソシミ。少々違うけど、チューニングはお手の物だ。ペグをまわしながら、弦をはじく。その陽気な音色に笑ってしまう。

G……いいんじゃない。次はC。そして、EとA。自分の耳を頼りに音を合わせていく。おまけで付いていたチューナーで確認すると、Eの音が少し低かったくらいで、あとはばっちりだ。毎日ギターを弾いてるんだ。俺の実力なめるなよ。といい気分になったところで、初心者用DVDをデッキに差し込んだ。

画面にはアロハシャツを着た小太りのおっさんが出てきて、ウクレレの構え方、パーツの名前、弦のはじき方を説明している。

アロハにゆるい体形にこの音色。全然ロックじゃないし、魂を揺さぶられはしない。でも、弾き方はいたってシンプルで簡単で、すぐに飲み込めた。単純さゆえ、この楽器はストロークのリズムと合わせる歌声が勝負となりそうだ。

DVDのおっさんは、初心者用に「アロハオエ」を弾くようにと勧めている。ウクレレっぽい定番の曲だけど、本庄のじいさんには合いそうにないな。聞きなじみのある曲じゃないと、練習ははかどらない。

テキストを見てみると、初心者向けの曲として、「線路は続くよどこまでも」と「アルプス一万尺」が載っている。譜面を見ると、すぐにマスターできそうだ。でも、じいさんがやってみようと思うだろうか。俺はウクレレ初心者用の曲をインターネットで調べてみた。

最初に出てきたのは、「きらきら星」。じいさん、俺は子どもじゃないと思うだろうか。「富士山」これはじいさんにはヒットするかもしれないけど、教える側の俺があまりそそられない。「ハッピー・バースデー・トゥー・ユー」なるほど。これはいいかもだ。もし、じいさんがこの曲を気に入らなかったとしても、誰かの誕生日に歌えたらいいだろうと説得すればやる気が出るはずだ。

俺はネットに載せられた譜面を見てみた。C、F、G7。三つのコードだけで、「ハッピー・バースデー・トゥー・ユー」は弾ける。しかも、歌い方にアレンジを加えやすいから、少々のずれや間違いもＯＫだ。

譜面を頭に入れた俺は、ウクレレを鳴らした。さすがに一度目は頼りなく響いたけど、二回目にはさらりと弾けるようになった。ウクレレって超簡単で超楽しい楽器じゃん。俺は別格だとして、これならあのじいさんだって、一、二回のレッスンで弾けるようになるだろう。

そうなると、次の曲も用意しておかないとな。じいさんの好きそうな曲を頭に思い浮かべる。あの年代の人になじみがあって、ウクレレの陽気さに合う曲。どうせなら、感情を乗せて膨らませられて、いろんな歌い方ができて楽しい曲。そうなれば、「上を向いて歩こう」だ。よし、そこをゴールにしよう。

俺は一人で決めると、カリカリ梅を口に放り込み、「上を向いて歩こう」を弾き始めた。ギターでも弾いたことがあるけど、これは本当に名曲だ。時々挟まるマイナーコード。それが胸をキュッと締めつける。軽いウクレレの音だとなおさらだ。

上を向いて歩こう
涙がこぼれないように
泣きながら歩く
一人ぽっちの夜

きっと、あのじいさんと一緒に歌うと楽しいだろうな。そんなことを想像しながら、俺はウクレレで何度も繰り返し歌った。

8

金曜日、そよかぜ荘を訪れた。ウクレレに頼まれた買い物にと、だんだん大荷物になっている。

「こんにちは、宮路さん。どうぞ」

何回か訪れて、受付をのぞくだけで入館証を渡してもらえるようになった。居住している年寄りは全館合わせて十六人だと渡部君は言っていた。水木のばあさんみたいに元気な年寄りが二階に十人、自分で身の回りのことができなくなったり、理解力がなくなって不安な行動をとったりするような人が三階で六人暮らしているらしい。

人数は少ないし面会に来る人なんてほとんどいないから、何度か通えば、顔なじみになる。最近はここと同じようなこぢんまりしたホームが多くなっているそうだ。

どうしようか迷ったけれど、今日はエレベーターに乗りこんだ。若いし無職だけど、荷物が多いからいいだろう。コミュニティフロアに着いたのは、二時過ぎ。朝はいろいろプログラムがあるみたいだけど、金曜日のこの時間帯は、じいさんらはここで好き勝手しゃべったりテレビ見たりお菓子を食べたりしている。

俺がフロアに足を踏み入れると、「おお、来た来た」と声が上がった。なんだよ。みんな俺が来るのを楽しみにしてたんじゃん。とうっかりこぼれそうになった笑みを抑えていると、

「これこれ、私ね、かりんとうを頼んどいたのよ」

と、八坂のばあさんが、俺が袋をテーブルに置くや否や、中からさっさと菓子を取り出した。

「ああ、わしのポリデントは入ってるんかいな」

と今中のじいさんがせかす。

こいつら、俺じゃなく頼んだ品物が来るのを楽しみにしてるんだな。俺、宅配便の兄ちゃんじゃないんだって。

そう思いながらも、俺は、

「はいはい。皆さんのちゃんとありますよ」

と買ってきたものをテーブルに広げた。みんなは嬉々《きき》としながら手にする。

「これは水木のばあさんの。歯につかないお菓子ってすごい難しい注文だった」

俺は羽衣あられを水木のばあさんに渡した。薄くてカリッとして口に残らず食べられそうだと選んだけどどうだろうか。

「まあ、いいんじゃないか。食べてみないとわからないけどね」

いつもどおりばあさんは偉そうに言って受け取った。

「ところでさ、ばあさん、みんなからちゃんと金、回収してる？」

「回収って？」

水木のばあさんは毎回買い物メモと一緒に千円札何枚かを俺に渡してくれるけど、他のじいさんたちからお金をもらっている様子を見たことはない。

「買い物のお金だよ。みんなが頼んだ分、集めてるのかってこと」

「ああ、いいんだ。二、三百円のことだろ」

水木のばあさんはそう言いながら、あられの袋を開けた。

「一人は何百円のことだろうけど、まとめて払うほうは千円二千円になってくるだろう」

「ああそうかな」

「そうだよ。少ない額でも、お金のことはきちんとしないと」

「ぼんくら、働いてもないのにお金のこと語るんだね」

水木のばあさんはけけけけと笑った。

「金の貸し借りは友情を破綻させることもあるんだぜ」

「ぼんくら、友達もいないのに友情語るとはな。貸し借りじゃないよ。どうせ金を持ってたって、使い切れないからいいんだ」

水木のばあさんの言うことは嘘ではないだろう。そよかぜ荘は、広々としていて上質そうな木で造られた建物だ。ここにいるじいさんばあさんらは、服装からしても経済的に恵まれた人たちなのだろう。でも、違う。お互いお金に困ってはいなかったとしても、誰かにとって自分が物を当たり前に買い与える人間になってはだめだ。お金は金銭的な意味以外のものも、人の間にもたらしてしまう。

「それでもさ、お金は……」

と俺が言葉を続けようとするのを、水木のばあさんは、

「それより、ウクレレ教えんだろう」

とうっとうしそうに遮った。これ以上言っても聞く耳は持たないようだ。

「ああ、そうだな。あれ？　本庄のじいさんは？」

「部屋で朝から練習してたからもう来るだろう」

「やる気だな」

などと話していると、じいさんがウクレレを手にやってきた。

「おお、じいさん、こんにちは」

「ぼんくら先生。わざわざすみません」

「全然ＯＫだぜ」

俺とじいさんはみんなの邪魔にならないよう、コミュニティフロアの端のほうに腰かけた。

「先生にご教授いただくのに失礼ではないくらいに練習したつもりなのですが、思うように進んでおらずお手間を取らせるかもしれません」

じいさんは深々と頭を下げた。

「いいって。初心者じゃないと教えがいないしさ。それに音楽は楽しんでやるもんだし、ウクレレは超のんきな楽器だよ。まあ、気楽にやろうぜ」

俺が言うと、「かたじけない」とじいさんはまた頭を下げた。

「まずはウクレレにしてもなんにしても、音を合わせないといけないんだけど、本庄さん、チューニングってわかるかな。ちょっと貸してみて」

俺は本庄のじいさんが大事に抱えているウクレレを手に取った。音はもれなく歪《ゆが》んでいる。弦をはじきながらペグを回して音をなおす。その様子をじいさんは「すごいですね。さすが先生だ」と感心しながら見てくれた。

「本当は機械で毎回音を合わせるといいんだけど、この作業、あんまり楽しくないからさ。これは俺が金曜日に来た時にやるね。激しく弾かない限り大幅に音がずれることはないと思う」

「まあまあ、すみません」

「よし、じゃあ持って」

俺がウクレレを返すと、じいさんは両手で抱えた。

「うん、悪くないけど、そんなしっかり持たなくていいよ。軽いしさ。力抜いて」

「こんなふうですかね」

じいさんはぎこちなく俺のまねをしてウクレレを抱える。

「いいと思う。で、左手でここを押さえて、右手でストロークするんだ。こう、ジャーンって感じ」

「こうでしょうか？」

「いい音鳴ってるじゃん。次は細かく動かして音刻んでみよ。ジャカジャカって」

「ジャカジャカ」

「そうそう」

じいさんは俺の動きをじっと見ては忠実にまねしてウクレレを鳴らす。いくつになっても、何かを覚える時はこんな純真な顔するんだな。

「じいさん、いい筋してる。よし、ウォーミングアップはばっちりだ。最初にやる曲は、ハッピーバースデーにしようと思ってさ」

俺は画用紙に大きな字と絵で書いて作った楽譜を出した。歌詞と指で押さえる場所も書いてある。

「ハッピーバースデーツーユーっていうのですか？」

「そうそう、それ。三つのコードの押さえ方を覚えるだけで弾けちゃうんだ」

「コード？」

「そう、三つのパターンで一曲できるってこと。その分、しっかり歌のほうでメロディとらなきゃだめなんだけどな」

「なんとまあ。初日は訓練かと思ってましたが、曲に挑戦できるなんて。先生、本当にありがとうございます」

じいさんは曲を弾けるということがうれしいらしく、ほころんだ顔を見せた。

「本庄さん、訓練とか忍耐とか我慢とか鍛錬とか俺たちの音楽にはなしだぜ」

「はあ」

「俺と本庄さんのウクレレはもっとハッピーで気楽で陽気だからさ。そこんとこよろしく」

「はあ、よくわかりませんがごもっともです」

「じゃあ、最初のコードはＣ」

「シーですか」

「そう手前の三つ目だけを押さえて。ほら、陽気な定番の音出るだろう」

俺はじいさんの指を持って弦の上に置いてやった。

「おお、本当ですね」

「これをジャカジャカ鳴らしてる間に、ハッピーバースデートゥーまで歌うんだ。こんな感じ」

俺はウクレレを鳴らしながら、ハッピーバースデートゥーと歌ってみせた。それだけで、周りで聴いているばあさんやじいさんたちから拍手が起こった。

「次は本庄さん、一緒にかき鳴らすぜ」

「それでは遠慮なく」

そう言うと、本庄のじいさんはたどたどしくハッピーバースデーを歌い始めた。

「いいねいいね、次はG7。ちょっと渋めの音いっちゃうから」

「ジーですね」

「今度は三ヶ所押さえんだ。ここところこと……」

じいさんの指を弦の上に置いていく。しわしわだがしっかりとした指。何かの仕事を真摯にしてきた人の指だ。

「左手はこれでＯＫ。じゃあ、右手動かして」

「はい。あ、出ました。音」

「そうそう。それがユーなんだよな。ユーだけのために三つも指動かさなきゃいけないんだぜ。結局、誕生日は誰を祝うかが大事ってことなんだよな」

「よくわかりませんが、おっしゃるとおりです」

「だろう？　で、またＣに戻して」

「この音、弾きやすくていいですね」

「よし。じゃ、もう一回ここまで歌っとこう」

本庄さんと一緒にウクレレで歌うのに、周りのばあさんやじいさんが感嘆の声を漏らした。

「ちょっと、ぼんくら、あんた天才じゃないのか」

「今日始めたとこで、もうこんな曲が弾けるなんて」

「こりゃ驚いた」

ハッピーバースデーでそんな喜んでくれるのなら、俺の演奏会の曲しっかり聴いてくれよな。もっと難しくてもっと長い曲歌ってたのに。

「だろう。俺、音楽はマジでやってるからさ」

しょせん年寄りがおだててくれてるだけだ。そうわかりつつ、俺はすっかりいい気分になった。

「本庄さん、来週はFやろうぜ。あと一つ左手覚えたら、この曲完成だ」

「なんと先生すごいですね。たった二週間で大作が仕上がるとは」

「そう。俺と本庄さんってすごいんだ。あ、そうだ、じいさんばあさん、近々誕生日の人いる？　俺と本庄さんで演奏してやるぜ」

「ああ、わし十二月二日だな」

いち早く手を挙げた今中のじいさんがそう言って、

「私は三月だよ。カレンダーにも書いてるだろう」

と八坂のばあさんが言った。

「おいおい頼むよ。いつの話だよ。じいさんら、近々の意味知ってる?」

俺がずっこけていると、

「宮路さん、みなさんをまとめるのお上手ですね。一番近いのは十月の内田さんのお誕生日です。二十六日ですから金曜日じゃないんですけど、もし、宮路さんご都合良ければ来てください」

といつからか見ていたらしい渡部君が言った。

「あ、そうなんだ」

俺のご都合。毎日暇だから金曜日以外だって空いている。それに、本庄のじいさん一人の演奏より、俺が加わったほうがずっといいだろう。でも、みんなに暇だと思われるのは困る。今、じいさんたちにウクレレの先生として尊敬のまなざしを向けられたところだ。俺は渋い顔を作って、

「まあ、いろいろ忙しいからなあ。来れたら来るわ」

と言っておいた。

　買い物メモを受け取って、本庄のじいさんにウクレレの弾き方をもう一度説明して、忘れ物はないか確認してそよかぜ荘を出た。先週梅雨明けをしてから、ずっと晴れ。じりじりした日差しがさす前のからりとした風に包まれた貴重な時期。真夏になる直前って、本当気持ちいいなと駅に向かって歩きだして、はっとした。

　俺、そよかぜ荘に何しに来てるんだっけ？　渡部君のサックスを聴きたいんじゃなかったっけ？　渡部君と音楽をするんだって意気込んでなかったっけ？　それが買い物を届けてウクレレを教えたら、すっきりして帰っているなんて。

　音楽をやるんだ。音楽を仕事にするんだ。無理やり自分にそう言い聞かせているだけで、本当の俺は、そんなもの目指してなどいないのだろうか。だから、こんなにあっけなく当初の目的を忘れてしまえるのだ。俺は本当は……。いけない、いけない。そこに目を向けるのはまだ先だ。三十歳まではやってみるって決めたんだ。買い物をするという役割に新しくできた友達。それらが一気にやってきて、うっかりしただけだ。十一月まで四ヶ月、それまではやれるだけやらないと。

　俺はあわててそよかぜ荘へと戻った。

「あらまあ宮路さん。忘れ物？」

受付でスタッフの遠山さんに声をかけられ、「近々レクリエーションで演奏しようと思って」

と俺は言った。

「そうなんですね」

「そう。渡部君のサックスと一緒に」

「あらまあ。それはいいかも」

「でしょう。で、渡部君は？」

遠い目標を掲げていてもしかたない。具体的に動かなくては始まらないのだ。まずはここで演奏することにしよう。さっさと約束を取りつけてしまえば、渡部君だってサックスを吹かざるをえないだろう。

「今は三階かな」

「そっか。じゃあ、ここで待っててていいですか？」

「どうぞどうぞ。お茶いれましょうか」

遠山さんは毎週来ている俺を、事務所に迎え入れてくれた。お金ももらわずボランティアだという格好のいい言葉も掲げず、買い物を届けているんだから、これくらいの優遇してもらってもいいだろう。

「あれ？　宮路さん、何されているんですか？」

しばらくすると渡部君が戻ってきて、事務所の隅に座ってくつろいでいる俺に声をかけた。

「いや、演奏の件、詰めようと思ってさ」

「演奏の件？」

「そう。ぐだぐだやるべきだやらないいんだ、君のサックスはすばらしい、いや普通ですとかなんとか、そういう話を繰り返しても埒《らち》が明かないかなって」

「はあ」

渡部君は意味がわからないといった顔のまま、自分の机の上のファイルを取り出した。

「とにかくさ、まずはここでやろう。ここなら渡部君も気安く吹けるし、バンドだなんだって大げさじゃないからやりやすいだろう？」

「サックスを吹くってことですね」

「そうそう。俺のギターと一緒にさ」

「えっと、そうですね。デイサービスのバスの送り、つつじヶ丘方面は四名ですね。あ、ぼくもうすぐバスに乗るんですけど、宮路さん急ぎの話ですっけ？」

渡部君は俺とスタッフとの話を同時に進めた。つつじヶ丘のデイサービス。気の抜けそうな平和な響き。それにうっかり「俺のことは後回しでまた時間ができた時に」と言いそうになって、頭を振った。

「急ぎだよ。もう時間はない」

「そうなんですか？」

忙しく手を動かしていた渡部君は、ようやく俺のほうを向いた。

「じゃあ、送りは私行くからさ。出し物の件、進めといてよ」

遠山さんがそう申し出てくれた。出し物という響きはちょっと違うんだけど、ありがたい。俺は渡部君の横で「ありがとうございます」と頭を下げた。

「すみません、宮路さん、そんな急ぎの用件だったとは。で、なんでしたっけ？」

遠山さんを見送ると、渡部君が聞いた。

「なんでしたっけって、さっき言ったじゃん」

「まったく聞いてませんでした」

「だろうな」

正直なやつだ。俺は渡部君のデスクの横の椅子を勝手に引っ張り出して腰かけた。

「俺と渡部君のセッションの話」

「セッション？」

「ギターとサックスね」

「それ、急ぎでも重要でもないですよね？」

渡部君は顔をしかめた。

「急ぎだし、重要だ。渡部君、ここでじいさんやばあさんと一緒にいるから感覚がのんびりしちゃってんだって。やるって決めたらやらないとさ」

「やるって決めたら……。何か決めましたっけ」

「俺、ずっとサックス聴きたいって、一緒に音楽したいって言ってるだろう。身内もいないのにここに毎週通ってさ」

「はあ」

まるで気のない渡部君の反応に拍子が抜ける。

「渡部君、心、動かされないの？　これだけ根気強く訴えられてさ。ここはやらないと。やるんだよ、渡部君」

「なんかたいへんですね」

「そう。もう猶予はない。ぐだぐだ言ってる間にそよかぜ荘の出し物の時間は、腹芸や手品や紙芝居にどんどん奪われてしまう。今、計画立てないと」

「今ですか……」

なんてのんきなんだ。俺はいらいらしながら、「レクリエーションのスケジュールとかってないの？」と聞いた。

「ありますよ」

「じゃあ、今空いている一番近い日に、サックスとギターって入れて」

「突然ですね」

渡部君はプリントを出してきて、「九月の第三週なら空いてます」と言った。

「あと二ヶ月か。けっこう先だな。しかたないそこで行こう。セトリはまたどこかで夕飯食べながら……、いや、練習もしたいし、渡部君休みの日、俺の家来てよ。そこで音合わせしながら決めていこう」

「セトリ？」

「セットリストだよ。何の曲をするか決めないと演奏できないだろう。やっぱ人前で弾くんだから練習もしないと」

「すごいですね」

「そうだ。熱い思いを訴えていても、渡部君全然動かないもんな。こうして具体的に決めていって逃げられないようにするしかない」

「恐ろしいですね」

「いいじゃん。サックス吹くくらい。もったいつけることじゃないだろう」

「確かに。それはそうですね」

渡部君はようやくにこりと微笑んでくれた。

「よし、決まりだな」

「じゃあ、ぼく、そろそろ仕事戻りますね」

「ああ、俺も帰るわ。あれ？　何これ？」

整然と片づけられた渡部君のデスクの端に絵が飾られているのを見つけた。小さな額に入れられた絵は、ずいぶん前に描かれたもののようで紙はよれて黄ばんでいる。

「じいさんかばあさんに描いてもらったの？……にしてはクオリティ高いよな。ウクレレ弾きだしたり絵を描いたり、じいさんらって意外に多才なんだよな」

リボンが風に舞っているようなさわやかな、それでいて力強い絵。鉛筆だけで描かれているのに、鮮やかに色が浮かぶ。

「利用者さんじゃないですよ。これ、ぼくが中学卒業する時にもらった絵なんです。なんか、気になってずっとそばに置いてるんですよね」

渡部君はそっと絵に触れた。

「そうなんだ。何の絵？」

「さあ……なんでしょう。よくわからないですけど、でも、この絵を見てると、走りたくなるんです。もう少しやれそうな気がして」

吹奏楽部に入ったことや、駅伝で走ったこと。中学時代の思い出を、前に楽しそうに渡部君は話していた。十年ほど前の絵を未《いま》だにそばに飾っているなんて。俺の高校一年生の時と同じで、中学時代のその瞬間に渡部君の心を弾ませるものが詰まっているのだろうか。

「では、演奏会のことも決まったし、これでいいでしょうか？」

「ああ、いいよ。うん、いい。休みの日、集まろう」

「わかりました」

もう少しやれそうな気がする。俺は渡部君のサックスを聴いた時、そう思ったんだぜ。そして、気がしていただけの毎日が、だんだん色を持ち始めている。今、俺は、何かが始まる日々の中にいる。それはきっと確かだ。

9

渡部君と約束をした水曜日、俺は朝から念入りに掃除をした。トイレや洗面所も使うかもしれないし、台所をのぞかれるかもしれない。渡部君が万が一潔癖症だったら困ると、部屋中くまなく拭いて回った。コンビニで飲み物とお菓子を買っておいたし、おなかがすいたら夕飯にはピザでも取ればいいよな。コップとお皿はあるし、クーラーも利かせた。よし、完璧だ。約束の時間は一時。そろそろだとトイレを済ませたところにチャイムが鳴った。

準備万端にしておきながらもウキウキしているのがにじみ出るのはまずいと、俺は「ああ、もう来たの？」とさりげなくドアを開けた。

ところが、渡部君は、

「じゃあ行きましょう」

とピカピカにした部屋に足を踏み入れることなくそう言った。

「行くってどこに？」

「練習するんですよね？　このアパートでサックス吹いたら、宮路さん追い出されますよ」

「そうなのか」

「そうです。桜が丘東公民館の部屋を予約したんで」

「何それ、スタジオ？」

さすが神様だ。すました顔して俺よりやる気満々じゃないか。

「公民館です。八百円で五時まで使えます」

「破格！　夏のバーゲンだな」

「さ、行きましょう。五時までと言っても四時間しかないですから」

「今から？」

用意したお菓子やジュースはどうしようと俺が戸惑っているのに、

「そうですよ。曲選びやパート割、練習までするとなると、時間かかります」

と渡部君はきっぱりと言った。

「あ、ああそうだな。うん行こう」

俺は渡部君に仕切られるまま、ギターを抱えた。

「あれ？　傘？」

いい天気なのに、渡部君はサックスケースとカバンだけでなく、傘を持っている。

「ええ、夜には降るかなと」

「こんな晴れてんのに？」

「祖母が絶対降るって。祖母の予想って天気予報より当たるんですよね。さあ、行きましょう」

渡部君にせかされ、俺たちは足早に公民館に向かった。

地区の公民館は頑丈なつくりではあるけど、簡素でがらんとしている。三部屋あって普段は自治会の会議や地域の大正琴教室などに使われているようだ。

「今日は他の部屋は使われないから、少々大きな音を出してもＯＫだそうです」

渡部君に続いて入った部屋は、十畳そこそこで、パイプ椅子や長机やホワイトボードが置かれている。

「二人で使うにはもったいないな」

「ですよね。でも、広々してていいですよね」

「よし……」

俺はギターを長机に置くと、一息ついた。誰かと一緒に同じ場所で何かをする。しかもバーベキューや飲み会とは違って、この楽しさは今だけでなく先へと続いていく。そのことだけで、体中が興奮でふわふわしていた。

「じゃあ、まずセトリだよなセトリ。何曲できるかな」

「音楽ばかりじっくり聴くのはみなさん退屈だと思うので、最初十五分演奏して、そのあと十五分程度クイズコーナーを設けて、最後に十分演奏。でどうでしょう？」

俺の横に座ると、渡部君はすでに考えていたのかそう言った。

「クイズコーナー？」

「それか簡単なゲームとか」

おいおいおい。どこのバンドが演奏の合間にクイズやゲームを入れるんだ。しょっぱなから俺はめまいを起こしそうになった。

「そこは、ただのトークでよくない？」

「トークって、ぼくと宮路さんのですよね。誰か興味ありますか？」

「あるある。こうやってセトリ決めたんだぜーとか、ギターとサックスにまつわることとか、俺たちが一緒にやった経緯とか、話せばいいじゃん」

「どうだろう。音楽の話をして、みなさんわかるかな」

「わかるかなって、渡部君、年寄りなめちゃだめだって。ご当地クイズやリハビリゲームなんて、本気で楽しんでると思ってんの？」

水木のばあさんのしかめっ面が浮かんだ俺はそう言った。

「まあ確かに、そよかぜ荘のみなさんはお元気ですから、単調なゲームなどは退屈されている方もいらっしゃいますけど。でも、みんなができることに照準を合わせるほうがいいかと」

「うんうん。それは介護士さん側のご意見な。俺ら利用者側から言わせてもらうと、もっと刺激がほしいんだよな。似たり寄ったりの毎日ってつらいぜ」

「利用者側？　宮路さんのことですか？」

　渡部君は笑いながら首をかしげた。

「俺、水木さんの息子の役割もしてるからさ。俺ら側から言わしてもらうと、毎日同じもいいけど、もう少しドキドキさせてほしいんだよな。あんまりハードル下げられるのもちょっとさ」

「まあ、簡単なものは安全ですけど、いつもそれがいいとは限りませんもんね」

「だろう？　小学校の国語の授業とかつまらないのは教科書の話が簡単すぎるからだよ。俺たちを見くびるなって話」

「小学校のころからそんなこと考えられてたなんて、宮路さん、ロックですね」

「まあな。合間のクイズコーナーはなしだ。ここは俺たちのロックな魂見せてやろう」

　ロックと言われて俺はすっかりご機嫌になった。

「ぼくは吹奏楽部で演奏していただけなんで、ロックな魂は持ち合わせてないですけど」

「いいんだって。ステージに上がれば、みんなロックンローラーだ」

「わかりました。で、一曲目はどうします？　最初はみんなの知ってる曲がいいですよね」

渡部君は「何があるかな」とつぶやいた。

「だよな。まずぐっと観客のハートをつかみたいからさ、前奏だけでみんなが立ち上がっちゃう曲」

「足の悪い方も多いので立ち上がれるかはちょっと」

「立ち上がるのに必要なのは足じゃないぜ。年寄りも知っててファンキーな曲、出だしからぐっとくる……」

「『東京ブギウギ』？」

「ああ、それ！　めっちゃいいじゃん」

渡部君の出した曲名に俺は手をたたいた。

ああ、この感じ、高校一年生の夏、初めてみんなが俺の家に来た時を思い出す。

「俺たちって友達だよな？」そんなことを確認しなくても、明日も明後日《あさって》も話せる相手がいる。それがどれほどうれしかっただろう。

「で、もう一曲ノリのいい曲でつないで……」

「となると、『人生いろいろ』とか『マツケンサンバ』ですかね」

「それ、島倉千代子の？　松平健の？　どこがノリがいいんだよ。ここは洋楽いっとこう」

俺の提案に、渡部君は「うーんどうだろう」とつぶやいた。

「じいさんらだって洋楽知ってるよ。ビートルズとかクイーンとか。じいさんらの青春時代思い出させてやろうよ」

「なるほど、そうですね……」

ああ、たまらない。ぞくぞくしてわくわくする。頭の中にいろんな曲が堰《せき》を切ったように駆け巡る。渡部君も同じようで、いつもより声が弾んでいる。

「利用者さんたちが若かったころって、六十年以上は前だから一九五〇年代ですよね。クイーンはまだ活動していないかな」

「一九五〇年代か……。あ、それ、『バック・トゥ・ザ・フューチャー』でマイケルがタイムスリップする時代だ！　マイケル、ギター弾いてみんなを驚かしてたよな」

「『ジョニー・B・グッド？』」

「そうそうそう！　チャック・ベリーの。俺の頭の中だとマイケルが歌ってるけど」

「バック・トゥ・ザ・フューチャー」は、俺の大好きな映画だ。マイケル・J・フォックスのギターって、いかしてるんだよな。

「なるほど。チャック・ベリーは八十歳過ぎてもギター弾いてましたもんね。この曲がわからなかったとしても、利用者さんに通じるところはあるのかも」

渡部君の言葉に俺はしっかりとうなずいた。

チャック・ベリーの演奏は知らないけど、去年、パーキンソン病を患うマイケル・J・フォックスが、「ジョニー・B・グッド」をギターで弾く映像を見た。音楽って、どれだけすごいんだと彼のギターに思い知らされた。軽快で陽気な曲なのに、ギターを聴く俺の体は力が入って熱がこもっていた。よし、そよかぜ荘にエレキギターも持って行かないとな。

「三曲目はしっとりした曲で一息つきましょう。『君といつまでも』とか、『夜霧よ今夜も有難う』とかどうですか？」

渡部君は曲名をメモしながら言った。

「悪くはないけど、でもさ、もう少し新しくてもいいんじゃない？　じいさんら二曲聴いて、乗ってきてるし」

「じゃあ、『あの素晴しい愛をもう一度』か、『戦争を知らない子供たち』かな」

「ちょっと悲しいな。じいさんばあさんに、素晴らしい愛をもう一度というのはなんとなく酷だし、戦争って言葉をわざわざレクリエーションで出すこともない気もする」

「ですねえ」

おおげさじゃない光や希望がある曲。嘘くさくなくわざとらしくなく、地に足の着いた曲。俺らにも、水木のばあさんや本庄のじいさんたちにも同じだけ響く曲。思いつくのはあの曲しかないかな。

渡部君と俺は「弾いてみる？」と顔を見合わせるとカウントを取った。ああ、やっぱりこの曲だったんだ。ギターとサックスの音はきれいに重なった。

「これ、テレパシーじゃん。俺ら通じ合ってる」

「見上げてごらん夜の星を」を十小節ほど弾き終えると、俺はギターを置いた。

「お年寄りの方が知ってて、ぼくたちも知ってる歌ってそうないだろうし、バラードというヒントもありましたからね」

「それでも無数の曲から同じ歌を導き出すって、これこそ友情と音楽の力だ」

俺が興奮するのを、

「同じ相手を想定して演奏したんだから、重なるのは不思議じゃないですよ。ただ、これをサックスで吹く時はムーディーにならないよう注意ですね。変な抑揚なしでさらっと行きましょう。そのほうが歌詞が思い浮かびやすいし」

とさらりと流して渡部君は進めた。

「そうだよな。これついつい感情込めすぎて眉下げてどえらい表情で歌う人多いけどさ、意外と九ちゃんは笑って歌ってるもんな」

「宮路さんは笑ってる人が好きなんですね」

「そうかな？」

そういやマイケル・J・フォックスも坂本九もそもそもが笑い顔だな。俺がそう言うと、渡部君は「そういう意味じゃないですよ」と楽しそうな笑い声を立てた。

トークコーナーの後はビートルズの「抱きしめたい」、最後はみんなで歌うことを想定して「故郷」を演奏すると決めて、俺たちは音を合わせ始めた。

もちろん、五時までで終わるわけがなく、公園を探してそのあと日が暮れるまで練習した。

「夏って最高だな。七時前でもこれだけ明るかったらあと二時間はいけそう」

「明るいからっていつまでもやっててていいわけじゃないですよ」

そう言いながらこんなに長時間サックスを吹いていられるんだ。始めたきっかけは音楽とは関係ないところにあるのかもしれないけれど、渡部君は演奏することが好きでたまらないはずだ。

「でもさ、今でもこうやって吹けるって渡部君、やっぱりサックスが好きだってことだよな」

「もちろん、好きは好きですよ」

「だったらどうして、渡部君は本格的にサックスやらなかったの？」

何回も同じようなことを聞いてうんざりされているだろうと思いつつ、どうしても不思議で俺はそう尋ねた。これだけ吹ければ、人前で演奏したい、もっと技術を突きつめたいと思うのが自然なことではないのだろうか。

「どうしてというか、音楽でも美術でも一心に打ち込んで意味を見出せる人もいると思うんですけど、ぼくは違って……。陸上部に駆り出されて走った夏、ようやくサックスが楽しいって思えたんですよね。他のことに夢中になることで、サックスが好きになれた気がします」

その言い分は、何にも夢中になったことがない俺にはわからなかった。

「そんなものかな」

「サックスを吹くことくらいしか自分の世界がなかった時は、つまらなくて。でも、一つ何かが目の前にやってくるたびに、誰かと何かをするたびに、音楽も楽しいものに変わっていった。そんな感じです」

「そんなふうにやってて、ここまで上達するってなかなかないよな」

「好きになる前も好きになってからも、一生懸命練習はしていましたからね。このサックス一つ買うにしても、祖母の苦労は宮路さんのギターにかかっているご両親の負担とは違って大きいですから。どうしてもその思いには応えないといけないだろうし」

確かに渡部君のサックスはよく手入れがされていて、大事に扱われているのがわかる。

すんなり買ってもらえたギター。俺は今まで一度だって、このギターを贈ってくれた親父の気持ちに思いをめぐらせたことはない。そんなふうだから、俺はこのギターに見合う音が出せないのだろうか。渡部君のおばあさんに比べると、たやすく買えたではあろう。でも、おばあさんがサックスに込めた思いと同じようなものが、このギターにだって込められているはずだ。

「あ、でも、ぼくこの仕事好きでやってるんですよ。サックスをあきらめたわけでもなく、もともと世話焼きで、介護士になるのが向いてると思ってたんで。何より、芸術を仕事にできる人はもっと圧倒的な力を持ってるんですよね。日常に奇跡を起こせるような」

「そっか。そうだな」

確かにそよかぜ荘で働く渡部君は楽しそうだ。そして、今も同じように。

「さあ、さっさとやってしまいましょう。あと一回だけ。明るくても夜になったら人は寝ますからね」

渡部君はサックスを持ち直してそう言った。

明日だけでなく明後日も晴れであることを約束してくれるきれいな夕焼け。俺は空を見上げた。きっと今日は、雨は降らない。残念だけど、渡部君のおばあさんの予報ははずれだ。渡部君は、雨が降ろうと降るまいと傘を持ってきたのだろうけど。

「そうだな。よし、最後に通すとするか」

高校一年生の夏、俺のもとに心躍らせる時間を持ってきてくれたのは音楽だった。あのころの俺は、一日が終わることが残念でしかたなかった。

日が暮れないといいな。そしてそれ以上に、そう感じていられる時間が続けばいい。ギターとサックスの音が重なるのを聞きながら、そう思った。

10

「本庄さん、真夏で暑いしさ、そんな上までボタン留めなくたっていいんじゃない？」

「先生に教えてもらうのに、失礼があったらいけませんからね」

本庄さんのウクレレの上達は早い。八月七日。ウクレレの練習を始めて、四回目にして「上を向いて歩こう」はもう三分の一はできている。

「先生、この一人ぽっちの夜。ここの音がちょっと」

「そこ、指移動するもんな。でも、ゆっくり弾いてもいい場所だからさ。ちょっとペース落として弾いてみよっか」

「なるほど。わかりました」

本庄さんは丁寧で熱心だ。だいたい俺のアドバイスは「もう少し力抜いて」で済む。

「えっと、こんな感じですか？」

「うん。ばっちり。じゃあ、最後にここまでもう一回歌っとこう」

「はい」

上を向いて歩こう
涙がこぼれないように

泣きながら歩く
一人ぽっちの夜

本庄のじいさんのしわがれた声で歌われると本当に心にしみる。うまいわけじゃ決してないのに、何のアレンジも加えず率直に歌うその声が歌詞をダイレクトに伝えてくれる。

「いいじゃん。本庄さん上手」

「本当ですか?」

「よし、来週は、曲調がちょっと変わるとこやろう」

「わかりました」

「それじゃあ、一人ぽっちの夜までを練習しといてな」

「一人ぽっちの夜。また来週先生とウクレレを弾けると思うと、一人の夜もウキウキしますね」

本庄さんはそう言って顔をほころばせた。子どもみたいにまっすぐな笑顔。本当に本庄さんがそう思ってくれているならいいな。俺もその顔にうれしくなる。

ウクレレ練習を終え、買い物メモを手にした俺は、

「そうそう、ちょっと、じいさんら何買うのか教えて」

と周りのばあさんやじいさんに声をかけた。みんなはなんだとこっちを見る。

「誰が何注文したのか知っておきたくてさ。この、シッカロールって誰？」

そう聞くと、内田のばあさんが「私だよ」と手を挙げた。

「ＯＫ。じゃあ、日記帳って？」

「そりゃわしだよ」

「今中のじいさんね。日記帳って普通のノートでいいのかな」

「ああ、書きたいこと山ほどあるから分厚いので頼むよ」

「了解」

品名の横に、名前を書いていく。これで誰が頼んだものかがわかる。

「なんでもいいからすっきりする飲み物。こりゃ水木のばあさんだな」

俺が最後にそう尋ねると、

「なんだい、ぼんくら。突然細かくなって」

と水木のばあさんが眉をひそめた。

「細かくないよ。誰が何買ったかはっきりしておけば、後で金を回収できるだろう」

「また、それかい。ぼんくらはけちくさいんだな」

「ばあさん、金のことはきちんとしようぜ」

「金を稼いでないやつが言うと、恐ろしく説得力がないね」

「まあね。でも、俺は金の怖さを知ってるからさ」


小学生のころ、放課後みんなで駄菓子屋に行くのがお決まりだった。三十円にも満たない菓子を買って、公園で食べながら遊んだ。ただ、川越《かわごえ》君はいつも俺たちの後ろについて駄菓子屋の中を手持ち無沙汰に歩くだけで、何も買わなかった。本当は買いたいんだろうな。お菓子が要らないわけがない。俺はほしいと言えばいくらでも小遣いをもらえる環境だった。

「川ちゃんも買う?」

「いや、いいや」

「買いなよ。これ」

俺はこっそり川越君に百円玉を握らせた。嫌みにならないといいなと思いながら。

その翌日だ。

「なあなあ、宮路お金くれるって本当?」

「駄菓子屋で好きなもの買ってくれるんだろ」

なぜか教室はその話で持ちきりになっていた。そして、その日を境に、俺の立ち位置は完全に変わってしまった。

「俺にも買ってよ」「川ちゃんには買ったのに？」「どうして買うやつと買わないやつがいるの？」「ひいきだな」

そう言われて断りきれなかった。そのうち、俺はクラスの中で「お金を出してくれるやつ」になっていた。誰かがお金を払ってくれるならそれに乗っかりたい。子どもなんだからそう思うのは当然だ。

駄菓子屋で買うお菓子は十円二十円のものだ。それでも、俺をパシリとしか見ていないやつ、お金を出してもらうことにどこかで引け目を感じているやつ、何にせよ、純粋に俺を友達と見てくれるやつはいなくなった。俺はいつしかお金と切り離して存在することができなくなっていた。

小学生時代はずっとそんな感じだ。つかず離れずの微妙な距離感で友達と過ごした。地元の中学校に通ったから、そこでも同じ。中学生になって力関係がもっとはっきりしてくると、わるぶったやつに金を要求されることもごくたまにあった。だから俺は、できるだけ目立たないように過ごした。金持ちであることを知られないように、何も特徴のない人間のように振る舞うしかなかった。

「もう人間関係を考える年でもないからさ」

水木のばあさんは俺の考えを見透かしたのかそう言った。

「そうだろうけどさ」

「私たちは毎日が快適ならいいんだよ。ここでたわいもないこと話してゆっくり過ごして、金曜日にはぼんくらが来る。それで十分」

「だろうな」

子どものころの俺の友達とは違って、水木のばあさんを「金を払うやつ」とは誰も見ていないだろう。ただ、みんなお金に気が回っていないだけだ。

「だけど、ばあさんが払うこともないだろう？」

「いちいちちゃんとしたがるって、ぼんくらまだ若かったんだね」

「二十九歳だからな。金の計算はボケ防止にもなるからやりなよ」

俺が言うと、

「私より自分の頭を心配したほうがいい」

と、水木のばあさんはけけけと笑った。

11

「あー、『東京ブギウギ』ってギターで弾くとのっぺりするんだよなあ」

八月十七日、渡部君と公民館で三度目の練習をした。

サックスの音のほうが重いと思っていたけど、「東京ブギウギ」に関してはギターより木管楽器で演奏したほうが弾む。

「じゃあ、『東京ブギウギ』はサックスだけの演奏でどうですか?」

「おいおいおいおいおい!　一曲目を渡部君一人で持ってっちゃう?」

「そういうわけじゃ。宮路さん歌えばいいんですよ」

「えー。俺、最初にギターでかっこつけたかったのに」

俺がそう言うと、渡部君はふきだした。

「そよかぜ荘の利用者さんを前にかっこつけようとしてくださるなんて、宮路さん本物ですね」

「本物?　何の?　本当に変なやつってこと?」

「本当に人がお好きなんですね。舞台や観客を選ばないってさすがです」

「ああ、そうね、そう」

　よくわからないけど、ほめられてはいるようだ。

「二曲目の『ジョニー・B・グッド』でギターのテクニックは披露できるし、最初は歌で盛り上げたらいいじゃないですか」

「そうなるかなあ。でも俺、実はそれほど歌うまくないんだよなあ」

「思いっきり楽しく歌えばいいですって」

「そう？」

「そうです。この歌って晴れやかに力強く歌えばそれでいいかと」

「そっか。そうだな……」

「歌うまくないんだよな」は謙遜だったのに、「そんなことないですよ」と言ってくれなかったことが気になったけど、さっそく渡部君が吹くサックスに歌声を合わせてみた。

「いいですね」

「そう？」

「宮路さんの陽気な歌声と合わせると、サックスもすかっと響きます」

「おお、そう？」

渡部君が笑顔を見せるのに、俺はいい気分になった。渡部君に認められると、悔しいけどどうしようもなくうれしい。

「よし、もう一回歌おう。いや、三回連続だ」

「お好きなだけどうぞ」

渡部君はそう笑いながらサックスを構えた。

東京ブギウギ
リズムウキウキ
心ズキズキ　ワクワク
海を渡り響くは
東京ブギウギ

この歌を聴くと、戦争や貧困を知らない俺でも、あの昭和の立ち上がるパワーを感じる。音楽は時代や場所なんて軽く超えてしまう力を持っている。それに、自ら進んで出会おうとしなくても、向こうから体に入ってきてくれる。何もかもシャットアウトしたい時だって、音楽だけは俺の中で響いている。音楽だけはいつも俺のそばにいてくれる。……音楽だけ？

「マジで宮路こういうやつって知らなかったわ。全然自分からしゃべんないから、人と関わるの嫌いなのかって思ってた」

「俺も。俺みたいにダサいやつ、遠くから引いて見てるんだろうなって」

俺たちは文化祭が終わった後も集まって演奏しては、取るに足らない話で盛り上がった。

「最初とまどっちゃうだけでさ」

俺は頭をかいた。俺こそ、こんな簡単に友達ができるなんて思っていなかった。

「別にシャイでもないのに変なの」

麻生はそう笑った。

確かに俺は恥ずかしがりやではない。ただ、金持ちだというのが足かせになって、どう人に近づいていいか、どう振る舞えばいいか迷っていただけだ。小学生の時につけいた「お金を出してくれるやつ」そのイメージにつきまとわれていると思っていたけれど、ぬぐえていなかったのは俺だけだったのかもしれない。小学生から高校生。周りの人も環境も、ちゃんと変わっていく。それに、全員が俺を同じ目で見ているわけでもない。そんな単純なことが、高校生になるまで、誰かが近づいてきてくれるまで、俺はわからないままだった。

「うんうん、宮路がこんな女好きだったとは知らなかったよな」

村中がにやにやした。

「ちょっと待てよ。俺、女好きじゃないから」

「よく言うよ。いっつも、尾崎さん尾崎さんじゃんね。目で追ってるのバレバレ」

「女好きじゃなくて、尾崎さんが好きなの」

「もう告白しちゃえば」

高校一年の秋の終わり、みんなを引き連れて俺は尾崎さんに告白した。案の定、あっさりとふられて、そのあとみんなでコーラで乾杯して、わけのわからない歌を熱唱して夜中まで盛り上がった。

どきどきしてはがっかりして、苦しくなっては心が弾んで。緊張に期待に絶望に希望。俺の中の感情は、めまぐるしく動いていた。あの時は毎日が楽しくてしかたがなかった。あの日々にあったのは音楽だけじゃないはずだ。

「渡部君はずっと彼女いないの?」

練習を終え、居酒屋で夕飯を食べながら俺は聞いた。渡部君は清潔感があって物腰も柔らかいし、何より一緒にいると心地いい。きっともてるはずだ。

「そうですね」

「そうですねってどれくらい？」

「二十二歳以来です」

「三年も？　どうして？」

七年も彼女がいない俺は、えらそうに驚いた。

「どうしてってこともないですけど」

「渡部君いいやつなのに。そよかぜ荘にだってかわいい子いるしさ」

「それなら宮路さんだって、どうして彼女いないんですか？」

渡部君は薄焼きピザを口に入れた。だし巻きに鯵《あじ》の塩焼き。俺が家庭的なメニューを頼むのに反して、渡部君はピザやフライドポテトなど、割とジャンクなものを食べる。

「俺、できると思う？」

「うーん、まあ、難しいですかね」

「渡部君、時々正直だよな」

「たまに言われます」

渡部君はにこりと笑ってから、

「社会に出て、大人になってしまうと、付き合うっていうのがちょっと変わってきますよね」

と話を続けた。

「はあ、まあそうかな」

大人ではあるけれど、社会に出ているとはいえない俺は、ぴんと来なくてかすかな相槌を打った。

「高校や専門学校の時と違って、彼女と生活を共にするかもしれないと意識するし、先々のことも考えるというか」

「そっか。そうなるのか」

世間の若者はそんなこと考えているのか。俺はなるほどとうなずいた。

「ぼく、祖母と二人暮らしなんで、彼女に祖母のことを受け入れてもらえるのかどうかとか、結婚する場合同居できるのかとか、なんかいろいろ迷います」

「どうして、おばあさんと二人で?」

聞いていいことかどうかわからないけど単純に知りたくて、迷いながらも俺は口にした。

「両親が離婚して二人とも違う人と結婚しちゃって、で、祖母と。小学生の時からです」

「えっと……まあ、でも、そう。それもありだよな」

自分で聞いておきながら、どう返していいのか困っていると、渡部君が、

「反応困りますよね。でも、ぼくは全然不幸じゃないんですよ。うちの祖母は、パワフルで面倒見がいいし、十分すぎるほど愛情を注いでもらってるので」

と笑った。

「ああそうだよな」

渡部君が丁寧に育てられてきたことは、言動の端々に窺える。

「あと、介護士になったのは、祖母のためでも、祖母への恩返しとかいう殊勝なものでもなくて、単に自分に合ってるからです。祖母と暮らしていて介護士となると、勝手に大げさな感動ものにされちゃうんですけど、何一つぼくはあきらめてもいないし、不自由してないんです。なりたくて介護士になった、それだけで」

「だよな」

渡部君の言うとおりだろう。介護士をしている渡部君は、生き生きしている。でも、

こんな簡単に言い切れるようになったのは、それなりにいくつかのことを乗り越えてきたからのはずだ。最初から自分の置かれた環境や家庭を百パーセント満足して受け入れられる子どもはそんなにはいない。

「もちろん、裕福な家庭にあこがれた時期もあったけど、お金を持ってるだけでは恵まれてないんですよね？」

渡部君は俺の顔を見た。

「まあ、金持ちもたいへんだから」

お金があるからって恵まれているわけじゃない。家庭環境で苦労するのは、貧しい家や複雑な家族構成の場合だけじゃない。そうだけど、俺の家は裕福なだけではない。高級ギターに、七年間送り続けられる二十万円の生活費。そこにはお金以外のものがこもっていることを、俺だってどこかでは理解している。

「それより、ウクレレ、上達早いですよね」

渡部君はがらりと話を変えた。

「本庄さん？」

「ええ。時々本庄さんが弾いているのを聞いて、スタッフもみんなびっくりしてますよ」

「あのじいさん能力高くてさ、コード難しいとこだって、二、三回練習したら弾けるようになるんだよな」

先週の金曜日、「上を向いて歩こう」の曲調が変わる部分を本庄さんと練習した。

「ここ切なくて胸が痛くなります」と言いながら、本庄さんは一生懸命に歌っていた。次回、全部通したら、曲が完成する。

「ウクレレを始めたばかりのおじいさんをここまでできるようにしちゃうなんて。宮路さんすごいですね」

「いや、俺は何もしてないんだけどさ。本庄さん、もっと早くからウクレレ始めてたらプロになってたんじゃないかな」

俺が言うと、

「宮路さんらしいです」

と渡部君は笑った。

「どこが?」

「簡単に奇跡起こしちゃうところ」

「奇跡?」

そんなもの起こしたっけと、俺が首をかしげると、

「ぼくが中学生の時出た駅伝大会、陸上部は数名であとは寄せ集めメンバーだったんです。しかも、顧問の先生は体育じゃなく陸上経験のない美術の先生で」

と渡部君が話し始めた。

「へえ……。おもしろいな」

「でも、ぼくたち県大会に勝ち進んで、そこでも創部以来最高の十二位だったんです。奇跡でしょう？」

「おお、すごい」

「でも、美術の先生、みんなが奇跡だって騒ぐのに、きょとんとしてた。これが奇跡ならもっとすごいことといっぱい起きてるのにって」

もっとすごいことって何だろう。えらくドラマに満ちた中学校だったのだろうか。と想像してみて、はっとした。あの絵。渡部君のデスクの絵はこの先生が描いたものだ。リボンのようなものは、駅伝の襷《たすき》じゃないだろうか。それを聞くと、渡部君は「卒業の時何か描いてくださいって言ったら、あの絵を描いてくれたんですよね。その辺にあったメモ用紙に鉛筆で適当に」と笑った。

「あの時と似てます。今の感じ」

渡部君が言った。

「どこが？」

「音楽室でサックスを吹いていたのが、突然、引っ張られて外をみんなで走って、県大会を目指していた時と同じです」

「俺に強引に引っ張られたってこと？」

「まあそうですね。でも、楽しいですよ」

「本当？」

「本当です」

渡部君にそう言われると、たまらなかった。駅伝ほどパワフルではないし、県大会ほど大きな舞台ではない。でも、ともに何かを作ること、何かを目指すこと。それに俺と同じように心を躍らせてくれているのなら、どうしようもなくうれしい。こんな日が一日でも長く続けばいい。そう思った。

12

八月二十一日。いよいよ「上を向いて歩こう」を通す日がやってきた。一曲完成する時はいつもわくわくする。出来上がった後は、ストロークでアレンジ入れて、俺と本庄さんならではの音にして、陽気さの中にちょっと切なさを含む歌にしよう。そんなことを考えると、そよかぜ荘に向かう足も速くなった。

受付で入館証をもらい、買い物とウクレレを持って階段を上がる。いつもの段取りだ。ただ、穏やかな利き具合のクーラーの風が少し気持ち悪いな。そんなことを思った。昨日一昨日《おととい》と激しい夕立が来て、そのせいで湿気っぽいのだろう。

みんなに買い物してきたものを配って、集めた金を水木のばあさんに渡す。先週と同じく、「なんだよ。また金かい」と水木のばあさんは眉間にしわを寄せた。

「そうそう。また金だよ。ちゃんと貯金箱に入れとくんだよ」

「もうすぐ死ぬのに貯金してどうすんだよ」

「残念ながら、ばあさんみたいな人間は長生きするんだよなあ。憎まれっ子世に憚《はばか》るってことわざ知ってるだろう。……あれ？　本庄さん」

水木のばあさんの愚痴をかわしながら、俺はコミュニティフロアの隅に座っている本庄さんを見つけた。

「本庄さん、ウクレレしないの？」

いつもなら、俺が買い物を配り終わるころに部屋から出てくるのに、本庄さんは既に座って窓から外を眺めている。暑いからだろうか、シャツのボタンは上から二番目まで開いていて、手にはウクレレはない。

「ね、本庄さん」

俺がもう一度声をかけると、

「なんだ？」

と本庄さんはこちらを向くと同時に、大きな声を返した。

「いや、やんないのかなってウクレレ」

あまりに大きな声に少し驚きながら、俺は自分のウクレレを掲げて本庄さんに見せた。

「お前か！」

そのとたん、本庄さんは椅子から立ち上がると、俺の肩を思いっきり押した。

よろけた俺に向かって、本庄さんは、

「お前だお前だ！　お前が俺の金を取ったんだ！」

と全身から絞り出すような声で叫んでいる。

「金……？」

もう一度押そうとする手を止めようと俺がつかむのに、

「放せ！　やめろ！」

と本庄さんが悲鳴を上げた。

「どうしたんだよ。俺だって」

「誰か来てくれ！　こいつだ！」

本庄さんの叫び声に、スタッフの前田さんが走り寄ってきて、

「そうだね、本庄さん大丈夫だよ」

と声をかけながら、俺にあっちにいくように目配《めくば》せをした。

「いや、本庄さん、俺だって」

先週まで俺のことを先生と呼んでいて、帰り際にはまた来週会えるのが楽しみだってそう言っていた。俺とウクレレをするのが今一番の喜びだって、早くこの曲を一緒に完成させたいって、先週の金曜日、確かに本庄さんはそう言っていた。それがいったいどうしたっていうんだ。

「宮路だよ。ほらウクレレ」

俺がウクレレを見せるのに、

「この泥棒が！　お前の仕業だな！　このくそ野郎」

と本庄さんは汚い言葉を吐きながら迫ってくる。一切余裕がない鬼気迫る表情に後ずさりしながらも、俺は、

「何も取ってないよ。取るわけないじゃん。ウクレレやりに来ただけだよ」

と言った。説明すれば俺のことを思い出してくれるはずだ。だけど、

「黙れ、泥棒。とんだほら吹きが！」

と、スタッフ二人に押さえられながらも本庄さんは大声で叫んでいる。

「本庄さん、よく見てよ。俺だよ」

「お前のことなんか知るか！」

「どうしたんだよ、本庄さん、頼むよ」

スタッフは離れるようにと言ったけれど、どうしても本庄さんに俺が誰だかわかってもらいたかった。

「うるさい黙れ」

「ほら、本庄さん、ウクレレ弾くだろう。な？」

「なんだ、この野郎」

「だから宮路だよ。先週も会っただろう？」

「まだ言ってるのか！」

「宮路さん、行きましょう」

渡部君がやってきて、本庄さんに言葉を続けようとしていた俺の腕を引っ張った。

世間知らずの俺だって認知症は知っている。普段しっかりとしている本庄さんが汚い言葉を吐くのも、俺が誰だかわからないのも、認知症だからだろうとわかってはいる。それでも、突然すべてを強引に奪いとられたような気持ちになった。

「宮路さん、これ」

渡部君にタオルを渡されて俺は泣いていたことに気づいた。

本庄さんはスタッフとともに部屋へと戻っていく。さっきまでの様子とは違って、その背中は穏やかだ。どうして本庄さんは俺に怒りを爆発させたのだろう。よりによって憎しみの的が俺なのはどうしてなのだろう。あんなに一緒にウクレレを弾いては歌って、楽しい時間を過ごしていたのに。すべては認知症だからで理由なんてない。そう納得させようとしても、のみこめないものがあった。

じいさんやばあさんにとっては、誰かがぼけることなど、日常茶飯事なのだろう。

「ああ、本庄さんまた出たか」

「普段穏やかな人って逆に怖いよねえ」

などとのんきに言う声が聞こえた。

「おい、買い物頼むよ」

タオルで顔を押さえていると、水木のばあさんにメモを押し付けられた。

「ぼんくらが落ち込んでいようが、現実世界は動くんだよ」

「ああ、だろうな」

受け取ったメモには、すでに誰の依頼かまで書いてある。

「ここはぼんくらの住む世界じゃないだろう。これくらいのことでうだうだせずに、とっとと帰んな」

水木のばあさんの言うように、週に一度来るだけのそよかぜ荘が、二十代の俺にとって老人ホームが、いるべき世界のわけがない。でも、ここで本庄さんとウクレレを弾くことや水木のばあさんたちと話すことは、日常のほんの一部だと割り切れるものでもない。

「言われなくても帰るけどさ……。って、何かおもしろい小説。なんだよこの意味わかんない買い物」

俺はメモにざっと目を通して、そう言った。

「意味わからないことないだろう。おもしろい小説を買ってくれたらいいんだよ。あと私もどれくらい生きていられるかわからないからあんまり長いのはいただけないよ」

水木のばあさんはすました顔で注文をつけた。

「さあ、ぼんくら。今あんたがここにいると空気悪くなるのわかるだろう。さっさと本屋に行きな」

「なんだよ」

「ぼんくらのことだ。本を探すの時間かかるだろう。急いだ急いだ」

「本当うるさい、ばばあだ」

　俺が言い返すと、水木のばあさんは、

「人からうるさく言われるうちが花だ」

と笑った。


「おもしろい小説」。なんていう注文だ。ウクレレで弾ける曲を探すより難しい。ぎっしりと書棚に立ててある本は、千冊以上はあるだろう。俺は帰りに寄った書店で頭を抱えた。

　この中からあのばあさんに合う本を選ぶのは至難の業、もはや不可能に近い。高校生以来読書をしていない俺は本に詳しくないし、どのタイトルを見てもぴんとこない。人気があるものなら間違いないかと、平積みにされている本のあらすじに目を通してみる。

人が死ぬのはよくないだろうからサスペンスは却下。医療物や政治物。小難しいのは肩が凝りそうだからなしだ。歴史物は年寄りが好きそうだけど、へそ曲がりな水木のばあさんのことだ。安易に選びやがってとぶつくさ言うだろう。

「書店員絶賛おすすめ中!」と帯に書かれた本。これなら外れはなさそうだけど、きっとばあさんはお前に頼んだんだ、見ず知らずの人間が薦めたものを買ってくるなと文句をつける。

「優しい涙がとまらないハートフルストーリー」ばあさんの涙がとまらなくなったら大問題だ。人を病気にするつもりかと怒るだろう。

「あなたの心を癒してくれる清涼剤となる一冊」あんな気ままなばあさんを癒す必要はない。

となると、どれだ?

俺が読んだことがある小説となると『坊っちゃん』、『人間失格』、『羅生門』。定番すぎてばあさんだって知っているだろう。おもしろい本……。中身がわからないものを選ぶのは、難しすぎる。さんざん迷った挙句、俺は明るめの表紙で、人が死んでなさそうな本を十冊適当に手に取ってレジに向かった。

時間は山ほどある。ざっくり読んでみて、この中で一番いい小説を薦めれば、大外れはしないはずだ。

家に帰るや否や、俺は本を広げた。何年かぶりの読書で、最初は本の世界に入っていくのに苦労したが、読みだすとおもしろかった。今いる世界とは違う場所に連れて行ってくれる小説、そうだそうだと共感することで安心させてくれる小説、主人公にどっぷりはまって必死で応援してしまう小説。どうであれ、本を読んでいる間は、あの日の本庄さんの姿を忘れることができた。

一週間、ほとんど読書に時間を費やした。どの話もよかった。だけど、ポップな表紙で選んだはずなのに、脇役が死んだり病気になったりしてしまう話も多かった。誰も死ぬことがなく、記憶もなくならず、事故も起こらない小説。無数の本から十冊を選ぶのにも苦労したけど、内容を知ってしまった十冊から一冊を選ぶのもたいへんだ。読むのはすでに人生を歩みまくったばあさんだから、あまり押しつけがましくないものがいい。そうなると、この二冊だ。

表紙に描かれた家の絵がそよかぜ荘に似ているからと選んだ『赤毛のアン』。舞台は海外で時代もずいぶんと昔。それなのに、アンの世界にいることが楽しかった。おしゃべりで好奇心旺盛なアンに惹《ひ》かれて、いつしか身近になったアンにエールを送っていて、そのうちアンになり切ってハラハラしてはほっとして。読書家ではない俺でも、この小説の中にある温かさは、時代や人を選ばない確固たるものだとわかった。少々長いかもしれないが、水木のばあさんも『赤毛のアン』の中にいる間は心が穏やかでいられるはずだ。

もう一つは星新一の『妄想銀行』。短い話が三十編以上入っているショートショートだ。おもしろさに重点が置かれていて、ただただ愉快で心地いい。この痛快さは、水木のばあさんに似ている。ただ、一編は十分もあれば読み終えられる。明日続きを読まなくてもいい作品。少しだけそれがひっかかった。明日頭が働かなくなっても、明後日目が見えなくなっても、大丈夫。今さえこの話が読めれば。もしも、そんなことを水木のばあさんが考えてしまったら悲しい。

とはいえ『妄想銀行』のおもしろさは捨てがたい。『赤毛のアン』は最適なようで、有名な話だからばあさんは筋を知っているかもしれない。いったいどっちがいいのだろう。人のこととなるととんでもなく優柔不断になってしまう。結局俺は、『赤毛のアン』と『妄想銀行』の二冊を鞄《かばん》に突っ込んだ。

13

次の金曜日、そよかぜ荘に行くのは気が重かった。本庄さんは、どうなっているだろうか。この一週間、本を開いていない時はそればかりが気になった。

前回たまたま調子が悪かっただけで、本庄さんは何も変わらず普段どおりのはずだ。そう思う反面、もう一度前みたいに責められたら、俺は耐えられるだろうかとも心配だった。もうあんな怒りに満ちた顔を向けられたくはない。でも、行かずにはいられない。本庄さんの様子を知らないままでは落ち着かない。大丈夫。本庄さんはちゃんと俺のことを覚えてくれている。そう自分に言い聞かせながらそよかぜ荘に向かった。


「なんだい。一冊でいいのに」

俺が本を二冊渡すと、水木のばあさんは顔をしかめた。

「どっちもおもしろかったからさ」

「ぼんくら、読んだのかい？　これ、中古本じゃないか」

「考えたらそうだな。でも内容知らない本を渡すのもどうかと思って」

買った人より先に手を付けたのは悪かったか。俺が言い訳するのを水木のばあさんは笑った。

「まあ、ぼんくららしいよ。どっちもおもしろそうだな」

「気に入るといいんだけど」

「今晩から読むよ」

水木のばあさんはそう言った。

「先生」

じいさんやばあさんたちに買ったものを渡していると、本庄さんが近づいてきた。

「あ、本庄さん……」

「待ってましたよ」

本庄さんはウクレレをしっかりと抱えている。俺に向けられた目に怒りはない。

「えっと、今日は弾くんですね？」

俺が恐る恐る尋ねるのに、

「当然じゃないですか。さあやりましょう。今日は『上を向いて歩こう』を通すんですよね」

と本庄さんは笑った。先週のことは頭のどこにも残っていないようだ。

「そうでしたね」

「何度か自分でも通してみたんですけど、やっぱり先生がいないとうまくいかなくて」

「そんなことないだろうけど……」

本庄さんの服装や表情を、俺はさりげなく眺めた。きちんとボタンが留められたしわのないシャツ。目を細めて笑う穏やかな顔。今までと同じだ。いつもどおりの本庄さんだ。ああ、よかった。本当によかった。膝から力が抜けていきそうになる。心底安心すると、体はこんなふうに反応するんだ。今日は本庄さんとウクレレを弾ける。

俺はそっと深呼吸した。

「早くしましょう。先生」

「そうだな」

「今日先生と通すのが楽しみで、昨日はなかなか眠れなかったんですよ」

本庄さんの声は弾んでいる。この前は単に調子が悪かっただけだ。本庄さんはこんなにも生き生きとしている。きっと何かの拍子で、ああなっただけだ。うっすら浮かびそうな不安を打ち消すように、俺は自分に言い聞かせた。

「先生、さあ、あっちへ」

「ああ」

本庄さんにせかされ、俺はいつもの席へ向かった。

「えっと、通す前に、難しいところ復習しておこっか」

「はい。わかりました」

Cmに B7。本庄さんは、どのコードも確実に鳴らすことができる。昨日や一昨日もウクレレを練習していたのだ。その音にほっとする。

「すごいじゃん。本庄さん、スムーズに弾けてる」

「そうですか」

「うん。じゃあ、通そうか」

「はい」

本庄さんと俺は、「いち、にのさん」と声をかけ合ってから演奏を始めた。

ゆったりとしたリズムに軽いウクレレの音で奏でられる「上を向いて歩こう」。実直な本庄さんの声でなぞられる歌詞に、心の中のいろんな塊がとけていく。

「口数は多いくせに、お互い大事なことはうまく話せないんだから」お袋はよく俺と親父のことをそう評していたっけ。もしかしたら、無理に話さなくても、こんなふうなたわいもない時間をもう少し持てていたとしたら、俺と親父は今のようにはなっていなかったのかもしれない。

俺たちの演奏に、周りのじいさんやばあさんらも、ぼそぼそと口ずさんだり、手拍子を始めたりした。誰しもがどこかで聞いて知っている歌なのだろう。聞きなじんだメロディーにわかりやすい歌詞。それでいて、何度歌っても飽きることを知らない曲。

「おお、弾けました！　先生、弾けました！」

最後まで弾き終わると、本庄さんは椅子から立ち上がり俺の手を握った。

「ああ、本当すごいよ」

「こんな曲が弾けるなんて、感動です」

「本庄さんががんばったからじゃん」

「いえ、先生のおかげです」

本庄さんが何度も頭を下げるのに、

「ま、俺たち二人とも優秀ってことだな」

と俺は笑った。


高校生の時、最初にバンドで完成させた曲は、グリーン・デイの「バスケット・ケース」だった。うまいのか下手なのかいまいちわからないまま、一曲仕上がっただけで、みんなで感嘆した。

「マジで宮路ギターうまいんじゃん」

「香坂の英語も驚いた」

「ドラムのリズムのおかげだな」

「えっと、なんだ、そうベースもよかった」

俺たちは互いに褒めあってはゲラゲラ笑った。

最初は集まって楽器を弾いていたのが、少しずつ曲になっていく。苦手なコードやリズムやメロディー。それぞれに引っかかる場所が違うから、一人でやるようにすんなりとはいかない。そのもどかしさとそれをクリアしていく快感。一緒に弾けば弾くほど、バラバラだった音が形になっていく。

完成した日は、ただただ興奮して何度も歌った。疾走感のあるメロディーに、楽器を鳴らしては、みんなで同じだけ胸を熱くした。


今、目の前にいるのは八十歳を過ぎたじいさんだ。だけど、俺の心臓はあの時と同じように高鳴っている。

「もう一回やろうぜ」

「はい、先生。ぜひ」

疾走とは程遠いウクレレの浮かれた音に、思いのたけをぶっこんで「上を向いて歩こう」を歌う。本庄さんもうららかに、そして切なく歌いあげている。

繰り返し弾いて三回目、少し余裕が出てきたのか、時々演奏中に本庄さんと目が合うようになってきた。

「いい感じじゃん。サビ、盛り上がっていこう」

俺が目でそう言うのに、本庄さんは小さくうなずく。音楽は誰とどこでどうやっても気持ちがいいんだ。それを今更知った気がする。

俺と本庄さんは十回以上、「上を向いて歩こう」を演奏した。周りのじいさんばあさんらはさすがに飽きてきたのか、五回目を過ぎたころから、みんなこっちを見もせず、お菓子を食べだした。それでも俺たちは二人で盛り上がった。

「最高ですね。先生」

「ああ、うん。最高だな」

そう。最高なんだ。こんなふうに、誰かと「最高」って言い合うのは、これ以上ない喜びを感じさせてくれる。

二人で満足いくまで「上を向いて歩こう」を歌って、さすがに疲れたとお茶を飲んでいると、本庄さんが、

「そうだ、わたし、やりたい曲があるんです。先生と二人で」

と思い出したように立ち上がった。

「やりたい曲？」

「待っててくださいね」

本庄さんはそう言うと、部屋からいそいそとＣＤプレイヤーを抱えて戻ってきた。

「『上を向いて歩こう』を練習するために、坂本九さんのアルバムを買ったんですけど、そこに入ってた曲がすてきで。えっと、どれだっけ」

本庄さんはＣＤプレイヤーを動かして、

「十九曲目です」

とカチャカチャとボタンを押した。

本庄さんがやりたいって、いったいどんな曲だろうと耳を澄ましていると、ピアノの旋律が聴こえてきた。なめらかで壮大なメロディー。なんだろう。聴いたことのある曲だ。

「あれ、この曲……、俺知ってるよ。そうだ、これ、中学校二年か三年の合唱祭で歌った！」

「さすが先生。すでに歌われていたんですね」

「坂本九の歌だったんだ」

「ええ。この歌、わたし、一回聴いただけですぐに気に入ってしまって。歌詞もとてもいいんです」

本庄さんは、アルバムの歌詞カードを広げて俺に渡した。

「そっか。これ、『心の瞳』って曲だ」

中学生の時は歌詞もタイトルも気にかけず、ぼそぼそと歌っていた。友達のいないクラスで合唱するなんてハードルが高くて、まともに歌ってはいなかったけど、こんなにいい曲だったんだ。

「この歌、わたしと先生のことを歌っているようで」

「俺と本庄さんのこと……？」

「そうなんです。わたしと先生にぴったりで。だから一緒にウクレレで歌いたいんです」

本庄さんに言われ、歌詞を追ってみる。

心の瞳で　君を見つめれば
愛すること　それが　どんなことだか
わかりかけてきた
言葉で言えない　胸の暖かさ

遠まわりをしてた　人生だけど
君だけが　いまでは　愛のすべて
時の歩み　いつも
そばで　わかち合える
たとえ　あしたが
少しずつ　見えてきても
それは　生きてきた
足跡が　あるからさ
いつか　若さを　失《な》くしても　心だけは
決して　変わらない　絆《きずな》で　結ばれてる

この歌詞のどこが俺と本庄さんのことかさっぱりわからないし、メロディーはウクレレに合いそうにない。でも、

「やろう。絶対にこの歌。俺たち二人で絶対に」

俺は何度も何度も本庄さんにそう言った。

14

「セトリ変えましょう」

演奏会まで十日を切った九月九日。練習のため公民館に入るとすぐに、渡部君は言った。

「今更？」

もう何回か練習をしているし、どの曲もパート割を決めて、ひととおり出来上がっている。

「ええ。四曲目は『心の瞳』で最後は『上を向いて歩こう』。それで行きましょう」

渡部君は一人で勝手に決めて、宣言した。

「『心の瞳』だなんて、誰もぴんとこないし、サックスにもギターにも合わないよ。それに坂本九ばっかかになる」

「サックスとギターに合う曲なんてそもそもないですって」

「どういうことだよ」

「さあ、練習しましょう」

渡部君は立ち上がった。

「なんだよそれ」

「何もしないでいると余計重苦しいですよ。さあ立って」

「ったく、てきぱきしやがって」

渡部君がすぐさま進めようとするのに、俺はついていけなかった。

「宮路さん、誰だって年を取るし、人は必ず死にます。それは宮路さんの周りの人も例外じゃないです。いちいち立ち止まってては何もできませんよ」

渡部君はそう言いながら、サックスケースを開け準備を始めた。先週の土曜、俺が練習に行かなかったことを遠回しに言っているのだろう。あの日の俺は、外になんか出られる状態じゃなかった。渡部君の言うことは正しい。そう思いつつも、俺は愚痴を言わずにはいられなかった。

「へえ。介護士って、ずいぶん落ち着いてるんだ。本庄さんがぼけても三階に送り込んでそれで終わり。人が死んだら病院にちゃっちゃと電話するんだろう。段取り早いわ」

「仕事ですからね」

「本当、すごい仕事」

「そうですよ。排泄物《はいせつぶつ》も嘔吐物《おうとぶつ》も処理して、ののしられながらお風呂に入れて。それでも、必要とされていることに喜びを感じて。宮路さん、仕事ってそういうことです」

渡部君は顔色一つ変えずそう言った。

「無職の俺をばかにしてるの？」

「いえ。ばかだなあと思っているだけで、ばかにはしていません。ぼくたちが生きているのは現実の世界です。誰も死なない、病気にならない、そんなおとぎ話の中を生きてるわけじゃないです。さあ、歌いましょう」

「なんなんだよ。俺はただ本庄さんが好きで、本庄さんのことが大事で、どんなふうになったって本庄さんといたいって……」

言葉にすると、涙が込み上げた。遠慮がちにそれでも気持ちよさそうに「上を向いて歩こう」を歌っていた本庄さんの声が、「また来週」と少し寂しそうに俺を見送る本庄さんの顔が、そして、その次の週にはウクレレを抱えながらうれしそうに俺のところに駆け寄る本庄さんの姿が。どれもがあまりにも鮮やかに思い浮かぶ。

先週の金曜日、本庄さんはもう二階にはいなかった。絶対やろうって、二人で演奏しようって約束したのに。どうして、あと少し待ってくれなかったんだ。あと二ヶ月、いや一ヶ月待ってくれたら、俺は本庄さんと「心の瞳」を歌えた。もう少し時間がほしい。金曜日だけでも本庄さんを二階にいさせてくれたらいいじゃないか。これじゃあまりにも突然すぎる。渡部君にさんざん訴えたが、まるで取り合ってもらえなかった。

「ぼくは宮路さんよりも本庄さんに関わっています。宮路さんよりも本庄さんを知っています。そういう甘い考えを発言できるのは、ちょこっとウクレレ弾いて、いい部分だけ見てきた人です。ぼくたちは本庄さんに対して責任があります」

渡部君はきっぱりと言うと、

「印刷してきました」

と「心の瞳」の楽譜を俺に手渡した。

「三階にも聞こえますよ。サックスもギターも。宮路さんが熱唱したらその声だって聞こえるはずです」

それから演奏会まで、毎日のように練習させられた。

渡部君は仕事帰りに俺のアパートにやってきては公園に連れ出し、「サックスは音が大きいから夜は演奏できない」と、俺だけに歌わせギターを弾かせ、横でやいやいと言った。

「もう一度『心の瞳』行きましょう。宮路さん、中学校で合唱されたんですよね。もう少し、壮大な感じにしましょうよ」

九月も第三週に入り日差しも残らなくなった七時前の公園で、渡部君は言った。

「ギターで歌ってんのに、合唱みたいになんかならないだろう」

「ベタッてした歌い方この曲には合わないような気がするんですよね」

「悪かったな。どうせ俺は……」

「心の瞳」は、本庄さんとウクレレで演奏するはずだった。そう思うとたまらない。とてもじゃないけど、声をはって壮大になんて歌えない。ギターで前奏を弾くだけで胸が痛いのだ。俺が声を詰まらせるのに、

「また始まった。一人でぐだぐだするのなしですよ。さあ歌ってください」

と渡部君は言った。本当に容赦のないやつだ。

「ぐだぐだしてねえし」

俺はこっそり洟《はな》をすすった。

「いちいちふてくされてたら、ミュージシャンどころか、何にもなれません」

「はいはい」

「そもそも宮路さん、なんで泣いてるんですか？　自分がかわいそうで？」

「違うよ。ちょっと本庄さんのこと思い出しただけだ」

「本庄さんは宮路さんみたいにぐだぐだしていません。何も悲しんでなんかいませんよ」

　渡部君がきっぱり言う。

「なんだよそれ」

「宮路さん、どれだけ自分を大事にして生きてきたんですか。親しい人に会えなくなって、歌っては涙ぐんで。そんなこと許されるのは幼稚園の年長組までです」

「お前さ、本当にうるさいよな」

　物腰の柔らかさにだまされそうになるが、渡部君はけっこうな勢いで人の心の中に入ってくる。いや、渡部君は勢いをつけているだけだ。ここから引っ張り出そうと、意を決して甘え切った俺に踏み込んでくれているのは、俺にだってわかる。

「さあ、歌いましょう。『心の瞳』は話にならないから、『東京ブギウギ』で。ぱっと盛り上げていきましょう。さんはい」

　そして、こんなふうに他人に強引に入り込まれたことがない俺は、うっかり従ってしまう。渡部君にどやされながら、俺はぽつぽつと「東京ブギウギ」を歌った。

晴れやかで心が澄み渡るようなメロディー。だけど、その力強さに逆に胸が締めつけられる。俺は四小節ほど歌うと声が震えた。歌はどうしたって涙を誘う。いつだって音楽は、現実をさらに色濃く俺に突きつける。我慢したって心が揺さぶられるのはしかたない。

涙ぐんでしまうのをそう言い訳すると、渡部君は、「え？」と眉根を寄せた。

「今回の演奏って、そよかぜ荘の皆さんにお聴かせするんですよね？」

「ああ、そうだけど」

「宮路さんご自身が歌って感動したりうっとりしたりするために、ぼく、担がれてるんじゃないですよね？」

「ああ」

なんていう言い草だ。俺は乱暴にうなずいた。

「それなら今回は、この曲をきちんとお伝えする。それが目的です」

「なんだよ」

「宮路さんが気持ちよくなりたいなら、カラオケボックスにでも行ってください」

「お前、驚異的に冷酷だよな」

「気づかれました？」

渡部君はにっこりと笑って、「もし苦情言われても、ぼくの家ここからは遠いからいいか。全部宮路さんにかぶせれば。じゃあ、一緒にやりましょう」とサックスを抱え、勢いよく吹き始めた。

はじける音に突き抜けるようなリズム。始まったとたん、心が揺らされる。なんだろう、この愉快なサックスは。俺は歌うのも忘れて、その音に聴き入った。

音楽は日常をよりドラマティックにして感動させてくれる。だらしない失恋やくだらないいざこざも音楽がともにあれば、美しく切ないものになる。音楽にはどうしたってそういう力があって、俺のつたない歌でも、本庄さんとの思い出を彩ってしまう。だけど、渡部君が演奏する「東京ブギウギ」は感傷的な要素は皆無で、ただただ痛快な音とリズムだ。俺は、

「本気で陽気すぎる。どうやって吹いてんの?」

と聞かずにはいられなかった。

「今のは宮路さんを笑わせようと思って、ちょっとふざけました」

渡部君はサックスを吹き終わると肩をすくめた。

まさか笑いはしないけど、その楽観的な演奏にいろんなものが吹き飛ばされてしまう気はした。

「音楽で感動させるんじゃなくて、笑わせるってすごいじゃん」

心を震わせたり、勇気づけたり、励ましたり、涙をあふれさせたり。それが音楽の力だと思っていた。そして、何度もそんな音楽に助けられてきた。でも、単純に愉快で楽しくなる音楽もあるんだ。

「この曲を歌っていた笠置《かさぎ》シヅ子さんは、お生まれは香川ですけど、関西育ちで、人を楽しませたいってサービス精神は旺盛だったみたいです」

「よく知ってんな」

「おじいさんおばあさんに囲まれてますから、昔のことだけは詳しいんです。こういう底抜けに明るく開き直らせてくれる音楽もいいですよね。さ、宮路さんも歌って、笑わせてください」

「えー、俺、できるかな」

音楽で人を笑わせる。そんな力俺にあるだろうか。俺が不安げにつぶやくと、

「宮路さん、今のままでも十分滑稽だから大丈夫です」

と渡部君は笑った。

東京ブギウギ　リズムウキウキ

心ズキズキ　ワクワク
海を渡り響くは　東京ブギウギ
ブギの踊りは　世界の踊り
二人の夢の　あの歌
口笛吹こう　恋とブギのメロディ
燃ゆる心の歌　甘い恋の歌声に
君と踊ろよ　今宵《こよい》も月の下で
東京ブギウギ　リズムウキウキ
心ズキズキ　ワクワク
世紀の歌　心の歌　東京ブギウギ

「ああ、心ズキズキってなんなんだよ。自分で世紀の歌って言っちゃう？」

「東京ブギウギ」を歌い終えると、俺は「この歌、マジでおもしろかったんだな」と言った。

「かなり思い切りいい歌詞ですよね」

「うんうん。繊細さゼロ。これ慎み深いと評判の日本人が作ったんだよな？　俺、次もっと能天気に歌ってみるわ。あ、二十九歳で無職だからもともと能天気だけどな」

渡部君に突っ込まれそうなことを先に言って、俺は「よし、やろう」と手をたたいた。

「七時過ぎてますけど……。まあ気づかなかったことにすればいいですね」

「大丈夫。みんなもう熟睡してるはずだから」

「宮路さんの中の時計って、めちゃくちゃですね」

「そうじゃないとブギは歌えないぜ」

「なるほど。じゃあ、陽気に行きますか」

「おう」


大学を卒業した春、親父に町から出ていくように言われ、俺はそのままお袋が探しておいてくれたアパートに移った。家を出る。それなりに節目となることが起きているはずなのに、親父も俺もなんてことないような顔で引っ越しを済ませた。話したってしかたがない。どうせわかりあえないんだ。俺はそう思い込もうとしていたし、親父も何か言いたげな顔はしていたが、そこを踏み込んでまで俺の中に入ってこようとはしなかった。お袋は二人の間で、あきれたような途方に暮れたような顔をしていたっけ。

アパートの部屋で過ごす最初の夜。桑田佳祐の「明日晴れるかな」をギターで一人歌った。バンドでもやって、大学生の時付き合っていた女の子が好きだった曲。かみくだかないとよくわからないような、それでいて、どんな状況にもあてはまるような歌詞に、胸を痛めながら何度も何度も歌った。俺はどうして家を出なければいけなかったのだろう。これから俺の居場所はどこになるのだろう。どこを向いて生きていけばいいのだろう。そんな不安が、歌っている間は息をひそめ、歌うたびに薄れていくような気がした。

親父は音楽をやることに反対しているのではない。見通しも持たず、目的もなく生きていくことを危惧しているだけだ。そうわかっているのに、俺は自分のことを認めてもらえないと逃げているだけ。問題の本質はいつも自分で、だからこそ、変えるのは難しくて、ただただ漠然とした気持ちの悪さが残る。そんな靄《もや》も、歌っている時はかき消されるように感じた。

でも、歌い終われば、何も変わらない現実が、歌う前と同じままの姿で目の前に居座っているだけだった。

だけど、今は違う。渡部君のサックスに乗せて「東京ブギウギ」を歌うたびに、目の前の空気がちゃんと変わっていくのを感じた。

「いいですね。単純に楽しい音楽をやるのは」

渡部君はそう言った。

「ああ、どうしてこんなに楽しいんだろう。俺は無職で先も見えてなくて、本庄さんは二階からいなくなったっていうのに」

「たぶん、どんな状況の中にいても、明日やその先にすてきなことが待ってることをぼくたちは知ってるからですよ」

「そうなのかな」

「ええ」

渡部君はうなずいた。彼が言うと、どうしてだろう。ものすごく確かなことのように思える。いや、俺だってそれが本当のことだって知っている。

高校生のころの俺は、自分を受け入れられなくなるほど落ち込むことがあっても、すべてが終わったような絶望を味わっても、また笑い転げられる日々が来ることを、心を揺らすできごとが待っていることを、知っていた。それを俺に伝えてくれたのは、音楽ではない。

高校一年生の夏。ギターを始めた俺のもとに、麻生が来て村中が来て香坂が来て。終わらせたくない時間がやってきた。

村中が三回連続で失恋した時は、みんなでやけ食いだとマクドナルドをたらふく食べて吐きそうになったっけ。麻生とけんかして二週間口を利かなかった時は、本気でつらかった。でも、仲直りをしたとたん、なんでも話さずにはいられない仲になって、「どれだけ話すことがあるの?」とお袋にあきれられながらも毎晩長電話をしていた。香坂が最後に大学合格を決めた時は、自分のことのようにほっとしたんだよな。そして、恵まれた環境にどうしていいかわからない自分がいることを話せたのも、この仲間たちだ。

なんとかやり過ごしていただけの一日は、たくさんの感情であふれる一日となった。音楽は、それを連れてきてくれただけだ。俺が何年もの間あきらめきれずにしがみついてきたものは、ギターを弾くことや歌うことではなかったのかもしれない。ずっと手にしたかったもの。きっと、それは音楽ではない。

15

九月十八日、演奏会当日。俺は人生で一番緊張していた。

「宮路さん、本当ですか」

がちがちに硬くなっている俺の姿を、渡部君は笑った。

「だって満席じゃん」

「入所者さんとデイの方もいらっしゃいますからね」

開始時間の二時三十分を前に、コミュニティフロアには心なしかいつもより多くのじいさんばあさんが座っている気がする。俺はみんなが席に着くのを後ろから眺めながら、ポケットから歌詞カードを取り出した。

「一番と二番の歌詞ごっちゃにならないようにしないとな」

「また見てるんですか？　そんなに不安なら、歌詞持ちながら歌ったらどうですか？たぶん、誰も気づきませんし」

「おい、年寄りなめんなよ。歌詞を見ながら歌うだなんて失礼だろう？」

「はいはい」

俺がそわそわしている間に、スタッフの前田さんが、

「今日は宮路さんと、そよかぜ荘の渡部君が一緒に演奏してくださいます。皆さん楽しんでくださいね」

と簡単に俺たちを紹介した。二ヶ月近く練習したのに、ずいぶんあっさりしたアナウンスだ。

「さあ、行きましょう」

と渡部君に言われ、かすかにふるえる足で前に進むと、力のない拍手がぱらぱらと起こった。まあ、今はこれでいい。一曲目でどかんと持っていくのだから。よしやろう。ステージと言っても段差もないフロアをただ前に出るだけだ。それでも、俺は渡部君と顔を見合わせて、深呼吸をした。渡部君の淡々とした表情の中にも、はやる気持ちが窺える。さあ、始まりだ。

渡部君のサックスが鳴る。軽くて弾むメロディー。今中のじいさんが「お、ブギだね」と言うのが聞こえた。みんなの前に立つと、よく知っている顔が並んでいるのが見える。

よし、大丈夫だ。底抜けに楽しく歌うとするか。俺は思いっきり息を吸って、最初の音を出した。

「これ東京ブギウギだったかね」

「ああ、あの子、私知ってるよ。おーい！　がんばれよー」

「笠置シヅ子だ、シヅ子」

的外れな掛け声や、リズムのずれた手拍子。ぼんやりと眺めている人も多い。それでOK。それこそ、今ここに立つ俺が求めているものだ。

俺は「東京ブギウギ」の歌詞を一つ一つ丁寧に歌った。昨晩、繰り返し笠置シヅ子の原曲を聴いたけど、彼女はぐいぐい歌っているわけじゃなかった。歌唱力を見せつけて聴かせるというより、「さあ、ご一緒に」そんな声が聞こえてきそうな朗らかな歌い方。それを思い出して、歌う。何人かのばあさんが体を揺らし、何人かのじいさんは口ずさんでいる。誰も立ち上がっちゃいないけど、いい光景だ。

歌い終わると、拍手が聞こえた。横を向くと、渡部君が笑っている。いい感じってことだよな。

「やあやあ、じいさん、ばあさん。乗ってるかい?」

いい気分になった俺が古めかしい呼びかけをすると、

「何にだい?」

と水木のばあさんと内田のばあさんが返した。

「曲にだよ。楽しくなってきたかいってことね。えっと、次はまあ、もしかしたら、ちょっと退屈かもしれないんだけど。それにエレキだから音も大きくて……」

俺はエレキギターの準備をしながら説明をした。「ジョニー・B・グッド」。もしかしたらじいさんたちにはちょっと聴きづらいかもしれない。ここにきて選曲に自信が揺らいで、ついつい口数が増える。

「最初はギターばかりで歌もないから、あれって感じかもしれないし、間奏も長いんだけど」

「前振りはいいからとっととやれ」

デイサービスで来ているじいさんに言われ、俺は「そうだな」とうなずいた。

「じゃあ、次は『ジョニー・B・グッド』。まあ聴いて」

最初は音の大きさに驚いたじいさんたちのどよめきが起こったが、そのあとすぐに手拍子が聞こえ、英語で歌い始めると「おお、すごいじゃないか」という声も聞こえた。なんだ、じいさんたち、意外に音楽わかってんじゃん。演奏しているうちに俺の気持ちはどんどん高ぶった。そよかぜ荘の皆さんにお聴かせするのが今回のステージだけど、この曲はどうしたって自分の世界に入ってしまう。

このエレキギターを買ったのは大学に入ってからだ。お年玉やらお小遣いで貯《た》めたお金で自分で買った。エレキとアコギだから音が違うのは当然だけど、このギターを弾いて初めて、親父が買ってくれたギターの音が持つ重厚さに気づいた。

高校一年生の時、親父が与えてくれたのが違うギターだったらどうだろうか。もしかしたら、もっと早く自分に見切りをつけていたかもしれない。親父が買ってくれたギターを弾きこなせるようになりたくて、ギターの価値に合う演奏ができるようになりたくて、練習にも熱が入った。

「ギターを弾いてみたい」俺のその言葉に、親父はすぐさま楽器店に向かった。息をひそめるように静かに毎日を送っていた俺が興味を示したことに、親父は何かにつながる糸口を見つけたいと必死だったのだろう。

このギターにかけられた金額は、俺への期待だ。そんなことわかっているくせに、「親父はなんでも金で解決しようとしている」そんな言い訳にすり替えていた。期待に応えられないことが明確になる前に、俺はいつだって、金のせいにして安全な場所へと逃げていただけだ。「大事にされてるんですね」いつか、渡部君にそう言われたっけ。まったくそのとおり。

家を追い出された。まさかだ。自分の足で歩いていくように。この家に縛られずやりたいことを見つけるように。親父がそう言いたいことくらい、いつからだろう、ちゃんとどこかでわかっていた。そのくせ、仕送りをしてしまう親父の甘さも、俺は十分知っている。

「サンキュー」

　俺が歌い終わってそう言うと、さっきよりもわずかに大きな拍手が聞こえた。会場はちゃんと温まっている。上々のステージだ。俺たちはしっとりと「見上げてごらん夜の星を」を演奏し、トークコーナーに突入した。

「みなさん、こんにちはー」

　俺が言うと、

「ああ、誰か来てはったんやな」

「よく見たら知ってる子じゃないか」

などととぼけた声が返ってきた。地名を叫んでキャーとはならないけど、まあいい。

「えっとじゃあ、自己紹介するね。俺は宮路。時々、水木さんの息子になって」

ここで予想外に笑い声が何ヶ所かで起こった。

「あれ？　うけた？　たまにウクレレ弾いてギター弾いて、買い物届けたりしてる」

「金曜に来る子だ」

「いつもご苦労さん」

「あ、そうそう、今度のど飴頼みたいんだけど」

好き勝手なじいさんらの発言に、俺はどうもどうもと答えてから話を進めた。

「買い物はあとで聞くからね。えっと、俺は、ここになぜ来るようになったかっていうと、すごく音楽が好きで。ギターも歌もウクレレも」

「ああ、知ってる」

　後ろのほうからばあさんの声が聞こえる。そっか。俺が知らなくても、俺のことわかってくれている人もいるんだな。

「でも、今は音楽じゃなくても、腹芸でも手品でもいいなって思ってる……。そう、俺はじいさんやばあさんらに喜んでもらうのが好きだー!」

　俺が盛り上がり必至のセリフを大声で叫ぶと、

「おお、そりゃどうも」

「親孝行な子だね」

「あの子は、何を言ってるのかいな」

　などという声が聞こえた。

　じいさんばあさんらでも、ここは歓声上げてくれるはずだったんだけどな。本心の叫びだったのに。俺が肩をすくめて場を譲ると、渡部君は、

「ぼくのことは皆さんよくご存じかと。いつもいろいろありがとうございます。皆さんのおかげでとても働きやすい職場です」

　と丁重なあいさつを始めた。

「そよかぜ荘では、皆さんが安心して過ごせて、その中で今回のような楽しい時間を設けられたらと……」

「おい、そういうのいらないよ」

あまりに折り目正しいスピーチに俺は思わず突っ込んだ。

「そうだ、そうだ」

「もっと自分のことしゃべってよ」

じいさんばあさんらも同感のようだ。

「ぼくのこと……、えっと、なんだろう」

「コウちゃん、結婚しないの？」

八坂のばあさんが聞く。

「今のところ予定は」

「彼女いないって本当？」

内田のばあさんまで同じようなことを質問した。ばあさんら、俺が好きだと言ってもびくともしないくせに、相手を見やがって。

「おい、俺が結婚してるか気になる人はいないのかよ」

俺が聞くと、会場は見事にしんとなった。どのばあさんも、もれなくきょとんとしている。

「じゃあ、歌いますか？」

渡部君は笑いながらそう言った。

「ああ。そうだな。……次はさ、『心の瞳』っていう曲で、じいさんらあんまり知らないかもしれないけど、そう、まあ、聴いて」

俺が曲名を紹介すると、優しいサックスの音が響いた。心の奥までしみこんでいく音。俺はとにかく泣かないように、歌詞を伝えることだけに集中した。

本庄さんはどうしてこの歌を、俺たち二人の歌だと思ったのだろうか。

本庄さんは六年前に奥さんを亡くしたと言っていた。そのあと、そよかぜ荘でどんな毎日を過ごしていたのだろう。

決して途方に暮れてはいなかったはずだ。きちんと服を着て、姿勢を正して、しっかりと目を開けて。本庄さんはいつでも何かに手を伸ばせるように準備をしていた。

生きていけばそのぶん、明日は一つ減り、また一つ減っていく。誰かと一緒にいられる明日。記憶に留《とど》めていられる明日。現実は想像以上に過酷だ。ウクレレを弾く時間が、本庄さんが最後に手にした何かになっていたのなら、俺にとっても幸せなことだ。

愛すること　それが　どんなことだか
わかりかけてきた
愛のすべて　時の歩み
いつも　そばで　わかち合える
心の瞳で　君を見つめれば

「心の瞳」の歌詞はそう結ばれる。自分以外の人を愛することがどんなことか。自分以外の人と時間を共にすることが何をもたらすのか。本庄さん、俺、まだわかりかけてきただけだよ。まだ途中なのに。まだ糸口を手にしただけなのに。最後まで俺にわからせてほしかった。この曲を一緒に歌って、いやってほど俺に。

「わりい」

あんなに泣くなって、毎晩忠告されていたのに、歌い終わる時には涙があふれていた。

渡部君は「大丈夫ですよ」とうなずいた。会場は俺の歌のせいか、涙のせいか、静かになっている。ああ、盛り上げないとな。俺がタオルで顔を拭いてからみんなのほ

うを向くと、

「水木さんとこのぼんは、彼女いるの？」

と内田のばあさんの柔らかい声が聞こえた。

「彼女……？」

何の話をしだすんだ。なんで今そんな場違いな質問を？　あんなにしっかりしている内田のばあさんまでぼけだしたのか？　と首をかしげてから、俺はふきだした。

「いやいやいや、俺、恋人のこと聞かれなかったからって、すねて泣いてるわけじゃないから」

「聞いてもらえてよかったですね。宮路さん」

渡部君も笑いを抑えられないようだ。前に立つ俺たちが笑っている。それだけで愉快なようで、何人かのじいさんやばあさんらも笑い出した。

「えっと、そう、最後は『上を向いて歩こう』を歌うんですけど、皆さんもよかったらご一緒に」

渡部君は笑いをこらえながら、スタッフと歌詞カードをみんなに配った。

「宮路さん、お願いします」

「ああ、そう、えっとこの歌、知ってる人多いし、どう歌ってもいい曲だからさ。みんなで自由に歌おうぜ」

「そうですね。では」

渡部君のサックスと俺のギターで、「上を向いて歩こう」が始まった。「さんはい！」と俺が掛け声をかけると、ぼそぼそと何人かが歌いだした。俺もみんなに負けないように声を出す。それにつられて、ばあさんやじいさんたちの声も大きくなっていく。

それにしても、これはなんていう合唱だろう。歌詞カードが配られているのに、歌詞はめちゃくちゃだし、サックスとギターでリズムをとっているのに、音程も拍子も外れている。自由に歌ってくれとは言ったけど、自由すぎるだろう。でも、楽しい。いくらだって上を向いていられそうだ。俺はゲラゲラ笑いながら歌った。

渡部君も同様に笑みを漏らしながらサックスを吹いている。どの人の歌い方にもとけ合うような演奏。ああ、そうだ。その場にいる人に向けられたこの響きに、迷いなく入り込んでくるこの音に、俺は心を奪われたのだ。

そよかぜ荘で初めて渡部君のサックスを聴いた時、どうしてあんなにも惹かれたのか、自分でも少し疑問だった。もちろん、うまいというのもある。でも、サックスが何たるものかをわかってもいない俺が、それだけで夢中になったのではないはずだ。

俺や俺と同じようにボランティアや路上で歌う素人が奏でる音は、どこか自分に酔っている。音楽を鳴らしている自分が好きで、音楽の中にいる自分に寄り添っている。それは悪いことじゃない。

けれど、渡部君のサックスは俺の歌やギターとはまるで違う。その音は、自分ではなく、目の前にいる人に向けられている。

この混じりけのない音は、一人でいては、音楽の中だけにいては、決して出せない。たくさん人と交わって、自分の内面にある濁りや汚れが削られてきたからこそ、彼の出す音は澄んでいるのだ。

渡部君は音楽を究めるのではなく、介護の仕事を選んだ。それがどうしてなのかわからなかった。だけど、今はわかる。音楽も文学も美術も、芸術はすばらしい。でも、それと同じくらいに、価値のあるものが周りにはたくさんある。

渡部君のサックスが、それを俺に見せてくれた。俺を引っ張り出すのはこの音だ。最初に感じた予感は的中していた。

「あー最高だったね」

「おもしろかった、おもしろかった」

演奏会が終了して、ばあさんやじいさんたちは楽しそうに話している。にぎやかな空気。渡部君も「片づけがあるからまたあとで」と慌てながらも、ごく自然に俺にハイタッチをした。

今日のステージ、成功と言っていいようだ。

「ぼんくら、これ土産だ」

水木のばあさんから、何人かで作ったという牛乳パックでできたペン立てを渡された。色とりどりに千代紙が貼られ、ペンを入れる箇所もいくつかある大作だ。

「正直いらないだろう。作るのは手間かかるけど、こういうのって邪魔になるだけだよな」

「大事にするよ」

「まあ、ぼんくらの歌と同じ。気持ちだけもらっておいて」

「ちゃんと使うって。家に帰ったらいろいろ立ててみる。ペンとかハサミとか、あとは……」

「まずは入れるもの探すとこからか」

水木のばあさんは楽しそうに笑った。

渡部君と打ち上げをする約束をしたから、家に帰ってから文房具をかき集めてペン立てを最大限有効活用しよう。今日は酔っぱらわないようにしないとな。高価なものでも必要不可欠なものでもないけど、このペン立ては二度と手に入らないものだ。うっかりどこかに置き忘れでもしたら困る。

「あら、ずいぶん大事にしてくれてるんだね」

ペン立てを抱える俺を、内田のばあさんも笑った。

「当たり前だって」

鞄に入れて形が崩れるのもよくない。俺はペン立てを手に持って、「それじゃあ」とみんなに声をかけた。

ぞろぞろ部屋に戻ろうとしているじいさんやばあさんたちは、さっきまでステージで歌っていた俺が帰るのに、名残を惜しむことも、見送ることもない。でも、みんなの足取りはいつもより軽い。俺だって同じだ。楽しい時間は、体からも心からも無駄なものを取っ払ってくれる。それだけで十分だ。

16

演奏会の一週間後、いつもと同じようにみんなに買ってきたものを届けて、取るに足らないことを話して、最後に水木のばあさんに「次の買い物は？」と聞くと、ばあ

さんはメモを渡す代わりに、

「ぼんくら、今日は九月の二十五日だ」

と言った。

「ああ、そうだな。それが？」

九月二十五日金曜日。何も心当たりのない日に俺が首をひねると、水木のばあさんはいらいらしたように、

「来週の金曜日は十月だ」

と付け加えた。

「だから九月は終わりってことだよ」

「まあそうなるな」

「早いな。一年は」

「本当にお前はぼんくらだね。九月が終わるんだ。起きる時だろう」

「起きる時？」

「ウェイク・ミー・アップ・ホウェン・セプテンバー・エンズだ」

水木のばあさんはやたらと発音よくそう言った。俺の好きなグリーン・デイの曲だ。

「もうここに来なくていい。ぼんくらも私も起きる時がやってきたんだから」

「いったい何の話だよ」

突然終了宣言をされたんじゃ、頭がついていかない。九月が終われば起こしてほしいのは、グリーン・デイのビリーだ。俺が動き出すのは、三十歳を迎える十一月二十七日。もうしばらく猶予がある。いや、どうして俺はわざわざ三十歳になるのを待っているのだろうか。今の俺は、本当は答えを知っているはずだ。

「ぼんくら、もう無邪気でいるのは終わりだよ」

「無邪気……。っていうか、ばあさんグリーン・デイの歌知ってたんだ」

「ぼんくらがあの日歌った曲、あのあと聴いてみたんだよ。年寄りが洋楽を聴かないなんて偏見もいいところだな。ま、とにかくお別れだ。湿っぽいのが好きなら、みんなに挨拶してから帰ればいいよ」

水木のばあさんはさっさと片づけたいのか、面倒くさそうに言った。

「ちょっと待って。俺のことはひとまず置いといてさ、ばあさんは？」

「私かい？」

「さっき、ぼんくらも私も起きる時が来たって言っただろう？」

九十歳を過ぎた水木のばあさんにとって、起きるというのが何を指すのか見当がつかなかった。

「ぼんくらはぼけてるくせに耳だけはいいんだよな」

「で、ばあさんは？　何かするのか？」

「ぼんくらには関係ないだろう」

「もう来るなと言うなら教えてくれたっていいだろう。じゃないとばあさんが何するか気になって、毎週確かめに来てしまう」

起きるという前向きな単語も、そよかぜ荘では違う意味を持ってしまう。俺が食い下がると、水木のばあさんは「本当にしつこい男だね」とため息をついてから話し出した。

「私はさ、最近体調がぱっとしないから、ちょっと病院で診てもらうんだ。ま、寝るのが病院のベッドになるだけで、何も変わりゃしないんだけどね」

水木のばあさんはたいしたことないようにさらりと言ったけど、俺は病院という言葉を聞き逃せなかった。

「そりゃだめだ。病院はよくないよ」

今よりゆるやかな生活はだめだ。寝かされると、とたんに体力も気力も落ちていく。俺のばあちゃんもそうだった。ピンピンしていたのが、微熱が続くと検査入院したら、その三週間後に亡くなった。

「何がだめなんだ。病気になって病院に行くって普通のことじゃないか」

「ばあさん、もっとふんばれよ」

「ふんばるのは、お前だろう。しんどいんだから楽させてくれよ」

「楽しちゃだめだ。楽したら死ぬぜ」

「あはは。楽して死ねたらラッキーじゃないか」

水木のばあさんはゲラゲラ笑うと、

「ぼんくらと話してると本当疲れるわ」

と大きなあくびをした。

「な、ばあさん、病院で診てもらったらすぐにここに戻ってくるんだぜ」

「はいはい。わかった、わかった」

「病院で寝るのはもってのほかだから。検査が終わったら帰ってくるんだ」

「なんなんだよ。私がどこで何するかぼんくらが決めることじゃないよ」

「そりゃそうだけど、ばあさん、ここにいたほうがいい」

「うるさいぼんだね。それより九月も終わるんだから、ぼんくらはちゃっちゃと目を覚ましてやることやんな」

ばあさんは俺にそう言うと、「疲れたから部屋に戻りたい」と近くにいたスタッフの前田さんに声をかけ、「おい、コウちゃん頼むよ」と渡部君を呼んだ。俺を振り切るつもりだ。

待ってくれ。入院だなんて止めなければ。でも、具合が悪いのならば治さないといけない。それなら、どうするのがいい？ いったいどうしたらこの状況を好転させられる？ 俺ができることはなんだ？ 何一つ見つけられないまま、俺は前田さんに連れられていくばあさんの背中を見送るしかなかった。


「水木さん咳《せき》が続くので、こないだ巡回に来た先生に診察してもらったら、肺に異常があるかもしれないと。今更手術はしんどいでしょうから、病院で検査をして点滴で様子を見る感じになるかと思います」

俺を出口まで導きながら、渡部君はそう告げた。

「よくないだろう、病院は」

「どうでしょうか。少し前から水木さん体調もすぐれなくて。ああ見えて無理もされてたんだと思います」

「でもさ、無理でもなんでも気を張ってるから、しゃんとしてられるとこあるんじゃないかな」

しんどいのならゆっくりしたほうがいい。病気は治すほうがいい。だけど、それが生きる力を薄れさせるとしたら、どうだろう。

大学生の時、俺のばあちゃんは「ただの微熱で検査なんてしなくたっていいよ。私は元気なのに」とぶつくさ言いながら入院した。家族は症状が改善して戻ってくるものだと信じて疑わなかった。病院は弱っているところを治してくれる場所。そう思っていた。それが一週間後には、ばあちゃんの姿は弱々しいものに変わっていた。体中に管を通されているせいだろうか。こんなに簡単に人は衰えるのかと病院のベッドで眠るばあちゃんを見て驚いた。そのあとは、ただ力を失っていく様を見守るだけだった。ここまで年を取ったら、人を生かすのは医療ではない気がする。

「そよかぜ荘は医療行為ができないんです。病気の症状が出ていると、病院か介護療養型の施設を探すことになります。きちんと治ったらまた戻ってきてもらいましょう」

「やめてくれよ……」

渡部君が丁寧にそれでいて簡潔に説明するのが、余計に怖かった。もはや覆すことができないことを俺に伝えているのだ。

「これ、手紙です。水木さんから預かりました」

エントランスに着くと、渡部君は白い封筒を俺に差し出した。

「手紙……」

今このタイミングで？　まるで遺書みたいじゃないか。こんなもの読めるわけがない。俺は首を横に振った。

「水木さん、苦労して書かれたんだと思います。右手が動かしにくいから、字を書くのはたいへんなはずです」

「だから何だよ」

「それでもどうしても書かないといけないことがあったんじゃないでしょうか」

渡部君は俺に封筒を押し付けた。


家に帰るまで、俺は封筒をポケットの中で握りしめていた。どうか、希望を持てることが、病気がたかが知れていることが、書かれていますように。憎まれ口でも俺の悪口でもいいから、悲しいことが書かれていませんように。早く中身を読んで安心したい。帰り道、何度封筒を開けようとしたか。だけど、外で読んだらだめだ。手紙を読んだ自分が、正気でいられる自信はなかった。

とにかく家へと急いだ。一刻も早く帰ろう。早く水木のばあさんの言葉を聞こう。

もつれそうになる足でなんとかアパートまで帰った俺は、鍵を開けると靴も脱がずにそのまま玄関で封筒を開けた。頼む、ばあさん。俺を苦しめないでくれ。こうなったら、病院でもそよかぜ荘でも、どこにいてくれたっていい。会うことがなくなったっていい。生きていてくれるんだったらそれでいいんだから。そう願いながら便箋を広げた。

ぼんくら息子へ

六月十二日、ぼんくらの演奏を聴いて驚いた。へたくそなギターに野太い声。よくこんなので人前で歌う気になったなとぞっとしたよ。みんながしらけてるのに、堂々と歌い続けてさ。

あのころの私は、生きるのが惨めだった。そよかぜ荘に入って一ヶ月。トイレもお風呂も介助がいる。恥ずかしくないわけがない。開き直っているふりをしつつ死にたくなった。もう九十一歳だ。死んだほうがいい年なのに、どうして生きなきゃいけないんだろうかと苦しかった。

でも、歌っているぼんくらの姿を見て、まだまだ恥をさらしてもいいのかもしれないと思えた。二十九歳にもなって無職なのにへらへらしているぼんくらよりはましだなってさ。

今日も夕飯を食べた後に、食事はまだかと聞いてしまった。先週は二度も粗相をした。

もうすぐ記憶がめちゃくちゃになるんだと思う。留めておきたいことも消えてなくなってしまうのだろう。

ぼんくらのこと、誰かわからなくなってしまう前に、ここにしたためておく。

ぼんくら。もうバカで単純で陽気なふりをするのはやめな。当たり前のように、年寄りに聞こえる音量と速度と距離で話せるやつがぼんくらなわけがない。毎回へそ曲がりの私の心を射るものを買ってこられるやつが何も考えていないわけがない。もう無邪気でいるのは終わりだ。

老人ホームに入った時点で人生は終わった。そう思っていた。でも、最後の四ヶ月は最高だった。忘れたくない。そう思える日々が送れてよかった。ありがとう。

水木静江

17

「宮路さん」

何度も何度も繰り返されるノックと名前を呼ぶ声で、目が覚めた。時計を見ると、十時過ぎ。午後の十時か午前の十時か、横たわったまま考える。日差しがカーテンの向こうから漏れているから、朝のようだ。いったい誰が何の用だろう。すっかり鈍《なま》っている体を引きずりながら部屋の扉を開けると、

「なんていう格好をしてるんですか」

と渡部君が強引に中に入ってきた。

「なんていう格好……」

自分の体を見下ろすと、よれよれのしわだらけのTシャツと短パン。あの日帰ってきたままだ。

俺はいつから外に出ていないのだろう。どれくらいベッドの上で過ごしていたのだろう。今日が何日か確かめようかと思ったが、めくってさえいないカレンダーは何も教えてくれない。あの日から、どうやって毎日を過ごしていたのか記憶がない。

「用意をしてください」

渡部君は勝手に窓を開けると俺に命じた。

「用意？　何の？」

「水木さんの葬儀です」

ああ、そうだろうな。俺の頭は驚きもなく受け入れた。病院に行ったら終わりだって言ったじゃないか。もう泣く力も残っていやしなかった。涙も涸《か》れるって言葉、嘘かと思っていたけど本当だったんだ。じいさんやばあさんたちが思い知らせてくる現実は、俺の許容量をすでに超えていた。

「葬儀だから何？」

久しぶりの日差しに目が眩《くら》む。いや、しばらくたいしたものも食わずに寝てばかりいたから立ち眩みか。俺はベッドの上に座り込んだ。

「だから何って、行くんですよ」

渡部君は台所からゴミ袋を持ってくると、床の上のゴミを次々と放りこんだ。時々腹が減っては家の中にあった物を食べてそのままほったらかしていたから、部屋の中は雑然としている。

「俺が？」

「宮路さん、息子さんですよね。家族葬なので参加お願いします」

「は？」

「いい時だけ息子っていうのは、なしですよ」

「いい時だけって、俺、買い物してはこき使われてただけじゃん」

「ぐずぐず言ってないで、とにかくシャワー浴びてください。くさいですよ。宮路さんいつから寝てたんですか？」

「いつからって……。今日はいつ？」

「十月八日木曜日です」

「十月八日……」


最後に水木に会ってから、十三日。そんなに長い間、俺はここで家に残っているものを食べては眠るという時間を過ごしていたのか。

あの日、水木のばあさんの手紙を読んだ時点で、こうなることはわかっていた。手紙の中
「ありがとう」あのばあさんが俺にお礼を言うなんて、ただごとではない。手紙の中の言葉は、俺への最後のメッセージだ。また元気な姿を見せてくれる。能天気な俺でももそんな想像はできなかった。

人はいつか死ぬ。まして死んだのは年寄りだ。ごく普通の現実が目の前で起こって

いるだけ。けれども、それすら受け入れられないくらいに、そんな事実で立ち上がれなくなるくらいに、俺は世間知らずだった。

「時がいろんなことを解決してくれるのは、ちゃんと日常を送っているからですよ。こんなふうに、布団の中で時間をやり過ごしているだけで薄れる痛みなんて、何一つありません」

渡部君は勝手にクローゼットを開けると、「これでいいですか?」と黒いジャケットを出してきた。

「俺、葬式なんて行かない」

「子どもみたいなこと言わないでください」

「誰でもお前みたいに対処できるわけじゃないって」

渡部君はいつでも目の前の現実に毅然《きぜん》と応じることができる。本庄さんがぼけた時も、俺にサックスをやるよう言われた時もそうだ。どんなことでも受け入れる力を持っている。だけど、俺にはそれができない。二十九年間、自分のできることだけをして、何とも向き合わず、何も越えようとせずに生きてきた俺には、あまりに難しい。

「ぼく、何度葬儀に行ってるか知ってますか?」

渡部君は静かに俺の顔を見た。

「そんなこと知るわけない」

「そよかぜ荘で働いてもうすぐ五年で、十回は超えています」

「それも仕事のうちだろう」

「ええ。仕事だから、ほかの人よりは人が死ぬことにもきっと慣れています。でも、自分のばあちゃんがいつこんなふうになるのだろうかと、想像しないわけがない。いや、そんなことより単純に悲しい。身内じゃないとしても、話したことのある人が、お風呂に入れたことのある人が、ぼくに笑顔を向けたことのある人が、この世からいなくなることに耐えられると思いますか？　ぼくは宮路さんより水木さんを知っています。その人がいなくなることが、どういうことかわかりますか？」

「さあ……」

　穏やかに、それでいてきっぱりと話す渡部君に、俺はどう答えればいいかわからなかった。

「ぼくと一緒にいてください」

「は？」

「ぼくを葬儀場に一人で行かせないでください」

　渡部君の言葉で、完全に目が覚めた気がした。俺だけが真ん中にいた世界は、もう終わったんだ。

二人の息子を立派に育て上げたというのは、どうやら大嘘のようで、水木のばあさんの葬儀には俺と渡部君、それにそよかぜ荘の前田さんの三名しかいなかった。

通夜もない告別式だけの簡素なもので、お経が終わり焼香を済ませると、お棺が下ろされた。

「水木さんの病室からいくつか大事にされてたもの、持ってきたんです。お棺に入れるのにと」

前田さんは紙袋の中からいろいろと取り出し、お棺の中で眠る水木のばあさんのもとにそっと置いた。

「これ、いつも使われてたブラシ。天国でもおしゃれしてくださいね。お気に入りの帽子に、それと、これは本。亡くなる五日前に病院の介護士さんに買ってもらって読んでいたんですって」

「あ、それ」

前田さんが紙袋から出した本に見覚えがあった。

「宮路さん知ってるんですか？」

と前田さんに渡された本は『虹の谷のアン』。どこかで見た表紙だと思ったら、俺が買って届けた『赤毛のアン』に似ているんだ。

「あと少しでシリーズ読み切れたんですけど」

前田さんの言葉に、背表紙を見ると、「赤毛のアン・シリーズ9」とある。俺が二冊の本を渡してから、一ヶ月と少し。その間にばあさんは十冊の本を読んだんだ。それだけの気力があった。それを思うと、ばあさんのことが誇らしくなる。

「赤毛のアンって十一巻で終わりですよね。もうちょっと時間があれば最後まで読めたのに……」

前田さんがそう声を震わせるのに、

「赤毛のアンの十巻は戦争が描かれているから避けたんじゃないかな。水木さんのことだから、最初から九巻までを読もうとされたんだと思いますよ」

と渡部君は言った。

「ああ、そうだな。うん、絶対にそうだ」

賢いばあさんのことだ。自分がいつまで本を読めるのか、計算していたはずだ。

「ばあさん、やるな」

俺はお棺の中の水木のばあさんにそう声をかけ、左手のそばに本を置いた。ばあさんはどうしたって寝ているようにしか見えなくて、今にも口を開けて「おい、ぼんくら」と言いそうだ。

最後に葬儀場の人がお棺を満たすようにとたくさんの花を持ってきた。この後はもう出棺。見送るのは俺たちだけのずいぶんシンプルな葬儀。でも、寂しさはまるで感じなかった。もし、今、水木のばあさんが話せたら、「死ぬのに仰々しいのはごめんだよ。静かに行かせておくれ」と言うだろう。

終わる時はさっさと切り上げればいいんだ。死ぬ者のために生きている人間が時間削って集まるなんてばからしいだろう。葬儀？　そんなの必要ない。誰が私を慕っていたかなんて興味もないし、みんな泣きたいなら違うところでやってくれよ。おい、ぼんくら、だからもう私は死んでるんだって。花なんかいらないよ。こんなに花入れられたんじゃ、くしゃみ出そうだ。

水木のばあさんの声が聞こえそうで、顔のそばに花を添えながら俺は思わず笑いそうになった。

「水木さん、花だらけでうっとうしいって言いそうですよね」

花を手にしながら渡部君もそう言った。

「だよな」

「あ、そうだ。最後にこれ」

渡部君は鞄から小さいタオルを取り出し、俺に渡した。

「これ、水木さんの一番の宝物です。宮路さん入れてあげてください」

「宝物？」

「それ、水木さん、ずっと大事にしてたんですよ。洗濯にも出さず、これだけは手洗いされてました。宮路さんにもらった高級タオルだって自慢して」

前田さんはそう言って微笑んだ。

「高級タオル……」

そんなものばあさんにやったっけとタオルをよく見て思い出した。これは、最初、水木のばあさんに頼まれて買ったハンドタオルだ。あの時、ばあさんに預かった金では足りず、自分の金を使った。だから俺からもらったと……。いや、これは俺が買ったんじゃない。このタオルに使ったのは、俺の金じゃなく、親父の金だ。

待ってくれ、ばあさん。ばあさんの宝物はこれじゃない。俺、すぐに動き出すから。十一月二十七日ではなく、今すぐに。俺が体と頭を動かして手にした金で、ばあさんに持っていてもらえるものを、ちゃんと贈るから。

俺はお棺の隅にタオルを置くと、水木のばあさんの顔をしっかりと見て、そう誓った。

本当に宝物にしてもらえるもの。ばあさんのそばにずっと置いておくのに、ふさわしいもの。今の俺ならきっと手にできる。

18

「資格もないし今まで無職だったわけじゃん。全然就職先ないんだよな。今日で面接、三十八件目」

水木のばあさんの葬儀から二週間。ハローワークに求人情報誌。あらゆる方法で仕事を探しては面接に出かけたけど、驚くほど当たって砕けていた。

「三十八件？　そんな手あたり次第当たっても……。宮路さん、何かやりたい仕事とかはないの？」

「怪しくない職場ならなんでもいいんだ。俺はお金を手にしたい」

「シンプルな理由。でも、お金ならたくさん持ってるでしょう？」

渡部君は、ギターのピックや楽譜を俺に渡しながら言った。そよかぜ荘に出入りして四ヶ月。いろいろと忘れていたものがあったようで、取りに来るようにと昨日連絡をもらった。

「残念ながら、自分で働いて手にしたお金じゃないと意味がないんだよな」

水木のばあさんの葬儀の翌日、親父に「仕送りはもういい」と電話した。どんな仕事をするつもりだ、どうやって生きていくのだ、などと、あれこれ詮索されるのは面倒だと思っていたけど、親父はただ、「ずいぶんと時間がかかったな」と笑っていただけだった。俺も「かなり甘やかされたからな。ようやく大人になれそうな気がするよ」と笑い返した。

水木のばあさん以外にも、俺が目覚めるのを待っていた人間はいたようだ。

「あ、そうだ。これ、渡しておく」

自分の物を受け取った俺は、鞄からカードを取り出して渡部君のデスクに置いた。

「何ですか？」

「来週だったよな。内田のばあさんの誕生日」

「宮路さん、よく覚えてますね」

「本庄さんとウクレレで歌う約束してたからさ」

開くと「ハッピー・バースデー・トゥー・ユー」が流れるカード。渡部君は「必ず渡しますね」と丁寧に引き出しにしまった。

「歌いに来たいところだけど、今は俺も本庄さんもそれぞれの場所で忙しいから」

「そうですよね。内田さんに、宮路さんが働きだすようですと報告しておきます。きっと喜ばれますよ」

「頼むわ。そうだ、そろそろお前もさ、勝負してみろよ。もう九月どころか十月も終わりだぜ。寝てる場合じゃない」

「ぼくはちゃんと仕事してますよ。なんと四年も前から」

渡部君はそう言って笑った。

「そっちじゃないよ」

「そっちって、どっちですか？」

「おばあちゃんと一緒に暮らしてるから、彼女がいないって話」

どうして彼女がいないのか聞いた時、渡部君はそう答えていた。あんな間抜けな言い訳を信じていたなんて、本当に俺はぼんくらだったんだなと今になってあきれる。

「何か変ですか？」

「変ですかって、好きな人ができないのは、引っかかるものがあるからだろう。おばあちゃんなんか関係あるわけないじゃん。よくわかんないけど、その絵、好きな人にもらったんじゃないの？」

俺がデスクに飾られている絵を指さすと、渡部君は「おお」と感心してから顔を赤らめた。

祖母と二人暮らしだからとサックスを始めて、祖母と二人暮らしだから人を好きになるのに躊躇する。おばあさんとの暮らしは、渡部君を作る大きな要素だ。だけど、すべてがそれで動かされているわけじゃない。

渡部君の中学三年生の夏は、俺の高校一年生の夏と同じだ。大きなものを与えてくれた分、そこに引っ張られたままになってしまっているものもある。

「どうせ、ふられるんだろうけど、やれることはやったら？」

「はあ」

「はあって、本当のぼんくらは俺じゃなく、お前だな」

「なんか、すごいですね。宮路さん」

「目覚めた俺はこんなもんさ」

俺が自慢げに言うのを、「寝ていてくれてもよかったのに」と渡部君は笑った。

「三階、上がってみます？」

事務所を出ると渡部君はそう言った。

「どうして？」

「宮路さん、もうここに来ることはないでしょうから最後に」

「そっか……」

最後だからといって三階に行く必要などないだろうとは思ったけど、渡部君が言うとそれが当たり前のような気がして、そのままエレベーターに乗った。

三階は俺が出入りしていた二階と同じような間取りだ。ただ、歩いている人がいないせいか、しんとしていて閉塞感がある。

「コミュニティフロアには何人か人がいますよ」

と言う渡部君について歩くと、ウクレレの音が聞こえてきた。三階は寝たきりの人が多いと聞いていたが、楽器を弾くくらい元気のある人もいるようだ。

「そよかぜ荘はウクレレばやりだな」

「ミュージシャンはどこにでもいるんですね」

渡部君は小さく笑った。

「そろそろ休憩しましょうか。もう何時間も弾いてますよ」

窓際でウクレレを弾くじいさんをスタッフが諭す声が聞こえる。それでも頑固にじいさんはじっと窓を見据えて弾き続けている。毎日毎日弾いているんだろう。ウクレレは相当の腕前だ。

あれ、この音。これは、俺がよく知っている音だ。このウクレレの響きは、俺が一緒に作ってきた音だ。

奏でられているのは、何の曲かさっぱりわからない。でも、EmにG7。どの音もぶれていない。正しくまっすぐに弾こうと、力を込めた音だ。ウクレレの響きは、いつも陽気で気楽なわけじゃない。だけど、このウクレレは、最高だ。

いた、天才が。どうしてこれほどの能力のあるやつが、こんなところにいるのだろう。真の神は思いもかけない場所にこそ、現れるものなのだろうか。

俺の心を揺さぶる音。それは、いたる場所で奏でられている。

解説

北大路公子

なんというか、妙に素直な男である。本書の主人公、宮路のことだ。

彼は現在、二十九歳。高校一年生の時にギターと出会い、それ以来音楽を愛し続けてきた。大学卒業後も就職はせず、音楽に携わる仕事になんとか就けないかとグズグズしているうちに早七年、芽も葉もでないまま、今は「夢はミュージシャンだなんて、人前では言えなくなったし、もはや自分でも何になりたいのか不明だ」という迷走状態にある。

才能があるのかないのかといえば、まあ、おそらくはない。たまにボランティアとして老人ホームなどで演奏しても、それが人気や収入に結びつくことはなく、生活はすべて資産家である実家からの仕送りに頼っている始末だ。

「仕事がお金のためであるのならば、俺は働く必要がない。やりがいが仕事ならば、やりたい職業がないのだから働きようもない」

自分でも屁理屈《へりくつ》とわかっている理屈をこねつつ、部屋でアリバイ的にギターをかき鳴らす日々。コンプレックスや焦りがないといえば嘘《うそ》になるが、なにがなんでもという情熱が薄れているのも事実だ。

気がつけば、学生時代のバンド仲間は皆、社会人となって現実社会を生きている。自分だけが彼らとは離れた場所に取り残されている自覚はありながら、でもどこに出口があるのかわからない。とりあえず三十歳の誕生日までを猶予期間と決めて、なんとなく毎日を生きているのである。

と一気に書いてしまったが、それが宮路という男なのだ。お気づきのように二十九歳にして人生の展望というものが一切見えていない。人によっては、ここから何もかもを拗《こじ》らせて自暴自棄になったり、世の中を恨んで良からぬことを企《たくら》んだり、開き直って実家に無心を重ねたりしても不思議ではない危うい立場ですらある。

ところが、である。不思議なことに、彼にはそんな堕《お》ちゆく者の気配がまったくない。持って生まれた性格なのか、あるいはお坊っちゃん育ちのせいなのか、苦悩や葛藤を語りつつも、基本的にあっけらかんとした素直さがにじみ出ているのだ。そしてその呑気《のんき》な素直さこそが、著者が主人公に与えた最大の武器だと読者はすぐに知ることになる。

たとえば冒頭、宮路は「神」と出会う。神は、老人ホーム「そよかぜ荘」のレクリエーションの場に突如姿を現した。宮路の「今を生きる魂の叫びを歌った渾身の」オリジナルソングが観客にもたらした驚くほどの静寂を、素晴らしいサックス演奏によって救ってくれたのだ。

「いた、天才が」

神の奏でる音楽は、たちまち宮路を魅了する。

「最初の音を聴いただけで、俺は体中が反応するのを感じた。そして、演奏が進むと、胸の奥のそのまた奥。自分でも触れたことのない場所に、音が浸透していく」

神の正体は、そよかぜ荘の介護士の渡部である。宮路より若いと思《おぼ》しき彼の奏でる音は、宮路のみならず、静まり返っていた老人たちの心も一瞬で奪ってしまう。

自分の演奏時とは一変した空気の中、さて宮路はどうするかというと、ただひたすら感激する。サックスに合わせて歌を口ずさむ老人たちにすら「黙って聴きほれていればいいものを」と憤慨し、そしてレクリエーション終了後には強くこう身悶《みもだ》えするのだ。

「もう一度聴きたい」

いや、まあそれはそうだろうが、それだけでいいのかとも思うのである。

曲がりなりにも音楽で身を立てたいとあがいている人間が、目の前の介護士の若者に圧倒的な実力差を見せつけられたのだ。嫉妬するとか、打ちのめされるとか、世の中に絶望するとか、もう少しドロドロした感情は湧かないのか。宝物を見つけた子供みたいに夢中になっている場合か。

思わず尻を叩《たた》きたくなる読者をよそに、しかし彼はさらにこうも思う。

「彼のサックスの音は、俺が演奏する音とはまるで違った。生そのもののみずみずしい響き。俺を今いる場所から引っ張り出してくれるような音」

なるほど、宮路の音楽への愛と情熱があふれる一文ではある。そして実際、この時の予感は意外な形で後に現実となるのだが、しかしそれとは別に、もし渡部のサックスが誰かをどこかから引っ張り出すようなことがあるとしたら、それは見ず知らずの宮路ではなく、まず渡部自身ではないのか？　との思いがよぎる。何で最初に自分だと思った？

この、真《ま》っ直《す》ぐで純真で、思い込みは強いけれどもどこか楽観的な宮路という人間の造形が、「神」との出会いを通して読者の心を摑《つか》むのである。「大丈夫か、この子」と思った瞬間から、読者は子供みたいな宮路が気になって仕方なくなる。彼の根底にある柔らかく強靭《きょうじん》な素直さが一体どこからきたのか。そして何を招くのか。そもそもこの人、人生どうするつもりなのか。見届けなければならない気がするからだ。

その気持ちは、そよかぜ荘の入居者たちも同じだったのかもしれない。

最初は渡部のサックス聴きたさに、その後は渡部とのセッションを目論《もくろ》んで、あるいは渡部と組むことで音楽的に人生を浮上させられないかと、宮路はそよかぜ荘に出入りし始める。じいさんだのばあさんだのぼけてるだのと、憎まれ口を叩く彼を老人たちはあっさりと受け入れる。それは人生に行き詰まりながら絶望も悲観もしない、力の抜けた宮路の明るさ故だろう。

彼を「ぼんくら」と呼んで、細々としたおつかいを言いつける水木のばあさん。ウクレレの師として生真面目に「先生」扱いする本庄のじいさん。本気で音楽をやれ、俺と組め、との誘いには一向に乗り気にならないけれど、「友達」として距離を縮めつつある渡部。

そよかぜ荘での日々は宮路に少しずつ新しい世界を見せ、と同時に読者にもまた宮路の新たな側面を伝える。

頼まれた買い物をこまやかな気遣いと繊細な視点で選び、音楽の生み出す力と喜びに感動しながら老人に楽器を教え、自分と異なる環境で育った人間にもそれぞれ見える人生の景色があるのだと、初めて実感する宮路の姿は、読者にとっても新鮮だ。

おそらく宮路は今までとても狭い世界に生きていたのだ。彼にとって人は二種類しかいなかった。実家が金持ちかそうじゃないか。金持ちの息子である自分を利用しようとするか否か。音楽に対しても才能の有無による二者択一で、才能があれば音楽を仕事にし、なければきっぱり離れる。だからこそ渡部に向かって、「音楽が好きで演奏が上手《うま》いのにどうしてプロにならなかったのだ」と子供のような疑問を執拗《しつよう》にぶつけていたのだろう。

すべてが単純に二分された世界で、彼は行き場を失《な》くしていた。そして、その歪《いびつ》な価値観に宮路自身が気づき始めることで、物語は徐々に厚みを増していく。

念願だった渡部とのセッションに向けた高揚感と、浮き彫りにされる自分の甘さ。老人たちと触れ合うことで目の当たりにする病と老い。今まで目を逸《そ》らし逃げていたものと対峙《たいじ》する宮路は、やがて自分自身の心に目を向け問いかける。

何のために音楽を続けているのか。

人の心を打つ音楽とは何か。

音楽を通して自分が手にしたいものとは何か。

自分は何を愛し、何を目指すのか。

二十九歳にして、初めて自らの心のうち深くにそろそろと下りていく宮路の心中は、当然穏やかではない。情けなさと恐怖と無力感に揺れる彼を支え、優しく寄り添い続けるのは、作中にちりばめられた曲の歌詞だ。それがたとえ独りよがりであっても、宮路の音楽への愛に嘘はなく、彼は確かに音楽に救われてきたのだと実感できるシーンである。

よく言われることだが、「夢」というのは時に残酷で厄介なものだ。若い頃はまるで絶対正義のように扱われ、持っていないと非難さえされる。かといっていつまでも抱き続けることが是なのではなく、いつしか色褪《いろあ》せ、やがては枷《かせ》となる。実現するにも諦めるにも強い気持ちが必要で、しかもゴールがない。たとえ夢を現実にしたところで、あるいは早々に諦めたところで、そこから先もまだ人生は続くのだ。

著者が舞台を老人ホームに設定したのは、そこに「その先の人生」があるからだろう。目の前のただの「じいさん」や「ばあさん」が、かつては夢を抱き、あるいは夢を諦めたかもしれない一人の人間であることを、宮路はそよかぜ荘で知る。ウクレレをぎこちなく弾く本庄のじいさんの「しわしわだがしっかりとした指」。何かの仕事を真摯にしてきた人の指」に宮路は何を思っただろう。

本書は、音楽が魔法のようにすべてを変える物語ではなく、あるいは一人のモラトリアム青年が爆発的な成長をして何かを成しとげる物語でもない。ただ人が人として生き、人が人を救う、我々がよく見知っている世界の話だ。

その世界に世間知らずの坊っちゃんがやってきて、小さな一歩を踏み出す。それはほんのわずかな変化に過ぎないが、そこから見える思いがけない世界の広がりを、著者は宮路という人間を通して描いた。真っ直ぐで純真で、思い込みは強いけれどもどこか楽観的な彼の性格は、著者の与えた武器であると同時に、この物語の希望でもある。

希望はいつまでも色褪せない。

宮路が放つ希望の光が、多くの人に届くといいなと思う。


（きたおおじ・きみこ　エッセイスト／小説家）

本書は、二〇二一年二月、集英社より刊行されました。
初出「小説すばる」二〇二〇年三月号～八月号

集英社文庫

その扉《とびら》をたたく音《おと》

2023年11月25日　第1刷　　定価はカバーに表示してあります。

著　者　瀬尾《せお》まいこ
発行者　樋口尚也
発行所　株式会社　集英社
東京都千代田区一ツ橋2-5-10　〒101-8050
電話　【編集部】03-3230-6095
【読者係】03-3230-6080
【販売部】03-3230-6393（書店専用）
印　刷　TOPPAN株式会社
製　本　TOPPAN株式会社

フォーマットデザイン　アリヤマデザインストア　　マークデザイン　居山浩二

ISBN978-4-08-744586-2 C0193